职业教育人工智能技术应用专业系列教材

# 深度学习应用开发

组　编　国基北盛（南京）科技发展有限公司
主　编　王秀翠　李永亮　王春莲
副主编　郝炯驹　王　婧　刘洪海　张传勇
参　编　张艺耀　陶云亭　孙　尧　谭智峰
　　　　董　蕾

U0121842

机械工业出版社

本书从基本的人工智能理论出发，使用 Python 语言编程，基于 Tensor-Flow 和 Keras 深度学习框架，以理论讲解为基础，以项目实战为导向，系统地讲述了人工智能、深度学习和计算机视觉中相关的基本概念、理论方法和经典算法。既有对基础知识和理论模型的介绍，也有对计算机视觉相关领域实际案例的实现方法和技术技巧的详细阐述。本书尽量避免了复杂烦琐的数学公式，仅涉及少量且必要的数学知识。在内容上，本书首先概述了深度学习的基本理论，然后介绍了深度学习框架 TensorFlow 的基础知识、安装和使用方法，引申出高级神经网络 API，即 Keras 框架，并且介绍了 Keras 框架的核心模块和一系列建模方法，为后续完成项目实战做准备。最后讲解了神经网络的原理，从回归和分类两大类问题出发，实现了回归和图像分类等实战案例，并介绍了如何使用迁移学习的方法快速搭建网络模型。

本书可作为各类职业院校人工智能技术应用及相关专业的教材，也可以作为深度学习爱好者的参考书。

本书配有电子课件等课程资源，选用本书作为授课教材的教师可登录机械工业出版社教育服务网（www.cmpedu.com）注册账号后免费下载，或联系编辑（010 - 88379807）咨询。

## 图书在版编目（CIP）数据

深度学习应用开发/国基北盛（南京）科技发展有限公司组编；王秀翠，李永亮，王春莲主编 . —北京：机械工业出版社，2023.10
职业教育人工智能技术应用专业系列教材
ISBN 978-7-111-74206-7

Ⅰ . ①深… Ⅱ . ①国… ②王… ③李… ④王… Ⅲ . ①人工智能 - 算法 - 高等职业教育 - 教材 Ⅳ . ①TP18

中国国家版本馆 CIP 数据核字（2023）第 214756 号

机械工业出版社（北京市百万庄大街22 号 邮政编码100037）
策划编辑：李绍坤 责任编辑：李绍坤 张星瑶
责任校对：李可意 刘雅娜 陈立辉
封面设计：马精明 责任印制：常天培
北京机工印刷厂有限公司印刷
2024 年1 月第1 版第1 次印刷
184mm×260mm · 12 印张 · 247 千字
标准书号：ISBN 978-7-111-74206-7
定价：39.00 元

电话服务 网络服务
客服电话：010 - 88361066 机 工 官 网：www.cmpbook.com
　　　　　010 - 88379833 机 工 官 博：weibo.com/cmp1952
　　　　　010 - 68326294 金 书 网：www.golden-book.com
**封底无防伪标均为盗版** 机工教育服务网：www.cmpedu.com

# 前　言

党的二十大报告提出"推动战略性新兴产业融合集群发展，构建新一代信息技术、人工智能、生物技术、新能源、新材料、高端装备、绿色环保等一批新的增长引擎。"人工智能技术迅猛发展，从火车站闸机的人脸识别、手机的语音识别，到自动驾驶的发展，这些与人们生活息息相关的方方面面，无不体现着人工智能技术带来的便利性。这些智能产品的背后，都离不开机器学习技术的支持，离不开大数据、计算机算力的发展。

深度学习是机器学习领域的一个研究方向，是通往人工智能的核心技术。深度学习主要围绕神经网络开展研究，深度神经网络能够学习样本数据的内在规律和表示层次，这些规律能够很好地解释诸如文字、图像和声音等数据。深度学习的最终目标是让机器能够像人一样具有分析学习能力，能够识别文字、图像和声音等数据。因此，学好深度学习是掌握人工智能相关技术的必由之路。

本书的编写在模式上采用了"理论＋实践"的方式，对于某个知识模块，首先讲解其基础理论，然后通过项目实战加以运用，用理论知识指导实践，用实践巩固理论知识。本书由高职资深教授、专业讲师和企业工程师联合编写，理论知识难易程度贴合高职人工智能技术应用专业教学要求，实战案例由高职人工智能大赛真实项目转化而来。编写内容上从高职学生学习的角度出发，尽可能将抽象的知识具体化、深奥的理论形象化、复杂的过程简单化，使学生能够通俗易懂地学习深度学习理论知识体系，轻松地掌握通用的人工智能实践技能。

本书共 7 个单元，单元 1 介绍了深度学习的相关概念以及常用的深度学习框架，并详细讲述了开发环境的部署和常用 Python 库的安装流程。单元 2 主要介绍了本书使用的深度学习框架 TensorFlow，包括 TensorFlow 的数学基础、基本数据类型以及 TensorFlow 中的常见概念，通过 TensorFlow 框架实现两个案例，学习使用 TensorFlow 框架建模的流程。单元 3 讲解了高级神经网络 API，即 Keras，通过实战案例重点讲解了使用 Keras 框架的建模流程和方法，后续单元中的案例均使用 Keras 框架完成。单元 4 内容是深度学习的核心理论——神经网络，主要讲解全连接神经网络和卷积神经网络的原理与实现方法，并通过实战案例讲解了使用神经网络进行图像处理的具体流程。单元 5 介绍了回归问题，主要讲解深度学习中回归问题的理论，并通过房价回归模型和汽车油耗预测两个案例，加深学生对回归问题的理解。单元6介绍了分类问题，重点围绕图像分类，介绍使用卷积神经网络处理图像的问题。单元7介绍了迁移学习的概念、具体方法，并通过猫狗图像分类案例介绍了迁移学习的具体步骤。

本书建议授课时长为64学时，各单元学时分配如下：

| 单元 | 名称 | 建议学时 |
| --- | --- | --- |
| 单元1 | 认识深度学习 | 4 |
| 单元2 | 深度学习框架 TensorFlow | 10 |
| 单元3 | 高级神经网络 API | 10 |
| 单元4 | 神经网络 | 12 |
| 单元5 | 回归问题 | 10 |
| 单元6 | 分类问题 | 10 |
| 单元7 | 迁移学习 | 8 |

本书由国基北盛（南京）科技发展有限公司组编，王秀翠、李永亮、王春莲任主编，郝炯驹、王婧、刘洪海、张传勇任副主编，参与编写的还有张艺耀、陶云亭、孙尧、谭智峰、董蕾。其中，王秀翠负责编写单元1，李永亮负责编写单元2，王春莲和董蕾负责编写单元3，郝炯驹和谭智峰负责编写单元4，王婧和孙尧负责编写单元5，刘洪海和陶云亭负责编写单元6，张传勇和张艺耀负责编写单元7。本书在编写过程中得到了山东商业职业技术学院、山东交通职业学院、德州职业技术学院、黄河水利职业技术学院、东营科技职业学院、济南职业学院、威海海洋职业学院、枣庄科技职业学院、滨州职业学院、济宁职业技术学院、山东信息职业技术学院和山东电子职业技术学院的大力支持，在此表示感谢。

由于编者水平有限，书中难免存在疏漏和不足之处，恳请读者批评指正。

编　者

# 目　　录

# Unit 1

## 单元1
## 认识深度学习

# 单元概述

深度学习（Deep Learning，DL）是机器学习（Machine Learning，ML）领域中一个重要的研究方向，为人工智能（Artificial Intelligence，AI）的发展带来了新的挑战和机遇。深度学习算法是机器学习中具有深层网络结构的神经网络算法，可以说深度学习是基于人工神经网络的机器学习。

区别于机器学习，深度学习需要更多的样本数据来获取样本数据的内在规律和特征信息，这些信息对诸如文字、图像和语音等数据的解释有很大的帮助。深度学习的最终目标是让机器能够像人一样具有分析学习能力，能够识别文字、图像和语音等数据。深度学习是一个复杂的机器学习算法，在语音和图像识别方面取得的效果远远超过先前的相关技术。

深度学习是一个非常庞大的知识体系，本书尝试找到一个切入点，以理论和实践相结合的方法，展开深度学习探索之旅。本单元主要介绍深度学习的基础知识，包括神经网络、人工智能与深度学习的关系、深度学习发展历程、深度学习的框架以及 TensorFlow 开发环境的搭建。

# 学习目标

知识目标
- 熟悉深度学习的基本概念、发展历程和实际应用。
- 熟悉人工智能、机器学习、深度学习和神经网络等概念之间的关系。
- 熟悉常见的深度学习框架。
- 掌握 TensorFlow 开发环境的搭建。

能力目标
- 能够独立安装 Anaconda 软件，并创建虚拟环境。
- 能够正确安装 TensorFlow 及常用的第三方 Python 库。

素质目标
- 培养学生自主学习和知识理解能力。

# 1.1　人工智能、机器学习与深度学习

## 1. 人工智能

人工智能的概念是1956年出现的，它是研究、开发用于模拟、延伸和扩展人类智能的理论、方法、技术及应用系统的一门新的技术科学。人工智能是计算机科学的一个重要分支，是对人类认知思维的抽象和模拟，用机器实现人类智能，做人类可以做的事情。人工智能可以包括学习、推理和自我纠正，该领域的研究主要有机器人、语言识别、图像处理、自然语言处理和专家系统等。

机器学习是人工智能的核心技术领域，属于人工智能的一个分支。机器学习理论主要是设计和分析一些让计算机可以自动"学习"的算法，这类算法可以从数据中自动分析获得规律，并利用规律对未知数据进行预测。机器学习的核心元素就是数据、算法模型和计算机运算能力。

机器学习就是设计一个算法模型来处理数据，以获得预期的输出结果。可以对算法模型进行不断的优化和改进，使算法模型具有更优的数据处理能力。机器学习应用领域十分广泛，如数据挖掘、数据分类、计算机视觉、自然语言处理等。

## 2. 机器学习

机器学习是使计算机按照设计和编程的算法运行的科学技术。许多研究人员认为机器学习是取得人类及人工智能进步的最好方法。机器学习主要包括以下类型的学习模式。

（1）有监督学习模式

有监督学习以训练集作为模型的输入，其中每个样本都有标注信息，称标注信息为真实值（ground truth）。模型的输出值与真实值之间的差值用损失函数（loss）来衡量，采用损失值最小的损失函数执行训练过程。训练完成后，使用验证集或测试集测量模型的准确性。有监督学习模式如图1-1所示。

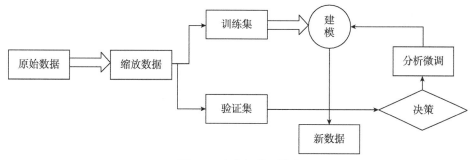

**图1-1　有监督学习模式**

（2）无监督学习模式

无监督学习中，训练样本未按其所属的类别进行标记。无监督学习模式是识别无标签数据结构的模型。该模式通过寻找具有共同特征的数据，并根据数据内部知识特征对其进行分类，这种学习算法适用于聚类问题。无监督学习模式如图 1-2 所示。

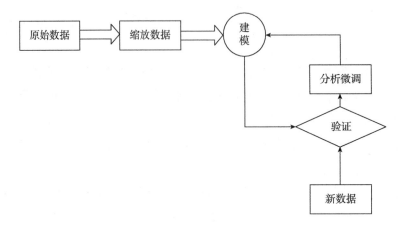

图 1-2　无监督学习模式

### 3. 深度学习

深度学习是机器学习的一个子领域，深度学习的核心技术来自于受人类大脑启发而发明的人工神经网络。如今，深度学习的精髓在于通过监督学习，从带有标记的数据中学习。深度学习中的每种算法都具有相似的学习过程，深度学习过程的步骤如下：

1）选择相关数据集并准备进行分析。

2）选择要使用的算法，基于算法构建分析模型。

3）在训练数据集上训练模型，并根据需要对模型进行修改。

4）对训练得到的模型进行测试。

深度学习相对于机器学习来说，具有一些显著的特点。

（1）数据量大

早期的机器学习算法比较简单，容易快速训练，需要的数据集规模也比较小，如 1936 年由英国统计学家 Ronald Fisher 收集整理的鸢尾花卉数据集 Iris 共包含 3 个类别花卉，每个类别 50 个样本。

1998 年由 Yann LeCun 收集整理的 MNIST 手写数字图片数据集共包含 0～9 共 10 类数字，每个类别多达 7000 张图片。

（2）计算力提升

计算力的提升是人工智能快速发展的一个重要因素。传统的机器学习算法对数据量和计算力要求不高，通常在 CPU 上可训练完成。深度学习非常依赖并行加速计算设备，目前的大部分神经网络均使用 NVIDIA GPU、Google TPU 或其他神经网络并行加速芯片训练模型参数。比如，2012 年基于 2 块 GTX 580 GPU 训练的 AlexNet 发布后，深度学习的真正潜力才得以发挥。围棋程序 AlphaGo Zero 在 64 块 GPU 上从零开始训练了 40 天才得以超越所有的 AlphaGo 历史版本。自动网络结构搜索算法使用了 800 块 GPU 同时训练才能优化出较好的网络结构。因此，计算力的提升是深度学习得以发展的重要因素。

（3）网络规模大

早期的感知机模型和多层神经网络层数只有 1 层或者 2~4 层，网络参数量也在数万左右。随着深度学习的兴起和计算力的提升，AlexNet（8 层）、VGGNet（16 层）、GoogleNet（22 层）、ResNet50（50 层）、DenseNet121（121 层）等模型相继被提出，同时输入图片的大小也从 $28 \times 28$ 逐渐增大，变成 $224 \times 224$、$299 \times 299$ 等，这些使得网络的总参数量可达到千万级别。

深度学习虽然是一个热门领域，但是已有多年的发展历史，主要有快速发展期和爆发期。2006 年是深度学习元年，Hinton 提出了深度置信网络（Deep Belief Net，DBN），在世界顶级学术期刊 Science 上提出两个重要的观点：多层人工神经网络模型有很强的特征学习能力，深度学习模型学习得到的特征数据对原始数据有更本质的代表性，这将大大便于分类和可视化问题；对于深度神经网络很难训练达到最优的问题，可以采用逐层训练方法解决，将上层训练好的结果作为下层训练过程中的初始化参数。2011 年，ReLU 激活函数被提出，该激活函数能够有效地抑制梯度消失问题；微软首次将深度学习应用在语音识别上，构建了深度神经网络模型，将语音识别错误率降低了 20%~30%，取得了重大突破。1998 年 LeCun 提出卷积神经网络 LeNet-5 网络，用来解决手写数字识别的问题。LeNet-5 被誉为卷积神经网络的 "Hello World"。2012 年，Hinton 团队为了证明深度学习的潜力，参加首届 ImageNet 图像识别大赛，构建名为 AlexNet 的 CNN 网络，获得冠军。2013—2017 年，通过 ImageNet 图像识别大赛，GPU 硬件不断进步，涌现了性能更好的 CNN 模型，CNN 在其他计算机视觉任务中也开始应用。2017 年至今，深度学习算法不断进步，在计算机视觉中的各个领域都有创新网络的提出，从此进入了深度学习的爆发期。

了解深度学习的特点之后，不难看出深度学习与机器学习的区别主要体现在以下几个方面。

（1）数据量

机器学习可以处理大量数据也可以处理少量数据，随着数据量的增加，机器学习的处理效果没有明显变化。而深度学习的特点在于，在一定范围内，随着数据量的增加，深度学习的处理效果是上升的。

（2）硬件依赖

与传统的机器学习算法不同，深度学习算法需要执行大量的矩阵乘法运算，因此深度学习需要计算机的计算力做支撑。

（3）特征工程

特征工程是指从原始数据中最大限度地提取能表征原始数据信息的特征，以降低数据的复杂性并创建对其有效的解决算法。深度学习避免了为每个新问题建立特征工程的问题。数据和特征决定了机器学习的上限，算法和模型不过是逼近这个上限。深度学习不用像传统机器学习那样人为合成高阶复杂特征，深度学习只需利用经过先验知识处理的一阶特征，就可以学习到相关的高阶复杂特征。

（4）解决问题的方法

传统的机器学习遵循标准程序，将问题分解成多个部分，先解决每个问题，然后将它们组合起来以获得最终的结果。而深度学习侧重于端到端地解决问题。

（5）执行时间

深度学习因数据量庞大和模型参数众多，一般需要大量时间进行训练，机器学习所需要的执行时间则相对较短。

（6）可解释性

可解释性是比较机器学习和深度学习算法的主要因素。这一因素也是深度学习难以在工业中取得大规模应用的主要原因。机器学习算法提供了清晰的规则和可解释的算法推理过程，因此像决策树、逻辑回归等机器学习算法主要用于工业中需要可解释性的场景中。深度学习算法主要是通过仿生的神经网络做算法推理，深度神经网络（DNN）被认为是黑盒子模型，为了理解 DNN 究竟学到了什么，研究者发明了很多神经网络的解释器，但是至今神经网络的可解释性仍然不够清晰，因此，深度学习在工业中的应用还有很长的路要走。

### 4. 相关概念的关系

人工智能最核心的部分可以理解为人的大脑，即机器学习，机器学习是实现人工智能的核心方法，人工智能的核心就是由各种算法作为支撑的。神经网络简单来说就是机器学习众多算法中的一类，其原理是模仿人脑的思维逻辑。神经网络有许多年的历史，发展历程也是一波三折，最初因为层数少、参数多、样本数据小等问题而不被看好，直到 2006 年 Hinton 在论文中首次提出"深度信念网络"，神经网络才开始崭露头角。随着技术的发展，神经网络可以深入到更深层，出现了深度学习的概念，深度学习就是深度神经网络学习的简称，是对神经网络的延伸，是一种新的神经网络。深度学习是一类算法合集，CNN 就是著名的深度神经网络，它使用"局部感受野"和"权值共享"的技术，大大减少了网络参数的数量和深度网络很难训练的问题，常常被用在图像处理中。

深度学习、机器学习、人工智能和神经网络之间的关系如图 1-3 所示。

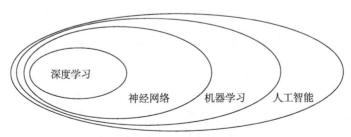

图 1-3  深度学习、机器学习、人工智能和神经网络之间的关系

# 1.2 深度学习的应用

深度学习的应用已经广泛渗透到人们生活的方方面面，例如，手机中的语音助手、人脸支付，汽车上的智能辅助驾驶系统。本节将从计算机视觉、自然语言处理和强化学习3个领域介绍深度学习的一些主流应用。

## 1. 计算机视觉

图像识别（Image Classification）也叫作图像分类，是一种常见的分类问题。计算机视觉中图像分类算法常采用神经网络作为核心，算法的输入为图像数据，输出值为当前图像样本所属类别的概率，通常选取输出概率值最大的类别作为样本的预测类别。图像识别是最早成功应用深度学习的任务之一，经典的网络模型有 VGG 系列、Inception 系列、ResNet 系列等。

目标检测（Object Detection）是指通过算法自动检测出图片中目标物体的类别及大致位置，然后用边界框（Bounding Box）表示，并标出边界框中物体的类别信息。常见的目标检测算法有 RCNN 系列（如 Fast RCNN、Faster RCNN）、SSD、YOLO 系列（如 YOLOv1、YOLOv2）等。

语义分割（Semantic Segmentation）是通过算法自动分割并识别出图片中的内容，可以将语义分割理解为每个像素点的分类问题，分析每个像素点所属物体的类别。常见的语义分割模型有 FCN、U-net、SegNet、DeepLab 系列等。图像处理的基本类别如图 1-4 所示。

**图 1-4　图像处理的基本类别**

视频理解（Video Understanding），随着深度学习在 2D 图片的相关任务上取得较好的效果，相比图像处理，视频理解多了一维时序信息，具有时间维度信息的 3D 视频理解任务受到越来越多的关注。常见的视频理解任务有视频分类、行为检测、视频主体抽取等。常用的模型有 C3D、TSN、DOVF、TS_LSTM 等。

图片生成（Image Generation）通过学习真实图片的分布，并从学习到的分布中采样而获得逼真度较高的生成图片。目前主要的生成模型有 VAE 系列、GAN 系列等。其中 GAN 系列算法近年来取得了巨大进展，最新 GAN 模型产生的图片样本达到了肉眼难辨真伪的效果。GAN 模型生成的图像风格迁移图片如图 1-5 所示。除了上述应用，深度学习还在其他方向上取得了不俗的效果，比如艺术风格迁移、超分辨率、图像去噪、灰度图片着色等一系列非常实用的任务。

图 1-5　图像风格迁移图片

### 2. 自然语言处理

过去的机器翻译（Machine Translation）算法通常是基于统计机器翻译模型，这也是 2016 年前 Google 翻译系统采用的技术。2016 年 11 月，Google 基于 Seq2Seq 模型上线了 Google 神经机器翻译系统（GNMT），首次实现了源语言到目标语言的直译技术，在多项任务上实现 50% ~ 90% 的效果提升。常用的机器翻译模型有 Seq2Seq、BERT、GPT、GPT-2 等，其中，OpenAI 提出的 GPT-2 模型参数量高达 15 亿，甚至发布之初以技术安全考虑为由拒绝开源 GPT-2 模型。

聊天机器人（Chatbot）也是自然语言处理的一项主流任务，通过机器自动与人类对话，对于人类的简单诉求提供满意的自动回复，提高客户的服务效率和服务质量。常应用在咨询系统、娱乐系统、智能家居等领域。

### 3. 强化学习

虚拟游戏相对于真实环境，既可以训练、测试强化学习算法，又可以避免无关干扰，同时也能将实验代价降到最低。目前常用的虚拟游戏平台有 OpenAI Gym、OpenAI Universe、OpenAI Roboschool、DeepMind OpenSpiel、MuJoCo 等，常用的强化学习算法有 DQN、A3C、A2C、PPO 等。在围棋领域，DeepMind AlaphGo 程序战胜了人类围棋专家；在 Dota2 和星际争霸游戏上，OpenAI 和 DeepMind 开发的智能程序也在限制规则下战胜了职业队伍。

机器人（Robotics）在真实环境中的控制也取得了一定的进展。如 UC Berkeley 在机器人的模仿学习（Imitation Learning）、少样本学习（Few-shot Learning）、元学习（Meta Learning）等方向取得了不少进展。如图 1-6 所示，美国波士顿动力公司制造的机器人能在复杂地形行走，在多智能体协作等任务上表现良好。

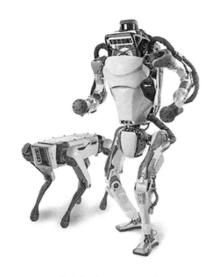

图 1-6　波士顿动力公司制造的机器人

自动驾驶（Autonomous Driving）被认为是强化学习在短期内能技术落地的一个应用方向，很多公司投入大量资源在自动驾驶上，如百度、Uber、Google 无人车等，其中百度的无人巴士"阿波龙"已经在北京、雄安、武汉等地展开试运营。

2021 年 9 月 10 日，北京正式开放自动驾驶出租车服务，用户可以通过百度地图或 Apollo Go 官网进行预约体验。除北京之外，百度也在长沙、沧州开放了自动驾驶出租车服务，如图 1-7 所示。

图 1-7　百度 Apollo 自动驾驶出租车

# 1.3　主流的深度学习框架

在了解深度学习及其发展简史后，下面来了解一些主流的深度学习框架。

Theano 是最早的深度学习框架之一，由 Yoshua Bengio 和 Ian Goodfellow 等人开发，是一个基于 Python 语言、定位底层运算的计算库，Theano 同时支持 GPU 和 CPU 运算。由于开发效率较低，模型编译时间较长，开发人员转投 TensorFlow 等原因，Theano 目前已经停止维护。

Scikit-learn 是一个完整的面向机器学习算法的计算库，内建了常见的传统机器学习算法支持，文档和案例也较为丰富，但是 Scikit-learn 并不是专门面向神经网络而设计的，不支持 GPU 加速，对神经网络相关层实现也较为欠缺。

Caffe 由华人博士贾扬清在 2013 年开发，主要面向使用卷积神经网络的应用场合，并不适合其他类型的神经网络的应用。Caffe 的主要开发语言是 C＋＋，也提供 Python 语言等接口，支持 GPU 和 CPU。由于开发时间较早，在业界的知名度较高，2017 年 Facebook 推出了 Caffe 的升级版本 Caffe2，Caffe2 目前已经融入 PyTorch 库中。

Torch 是一个非常优秀的科学计算库，基于较冷门的编程语言 Lua 开发。Torch 灵活性较高，容易实现自定义网络层，这也使 PyTorch 继承 Torch 的优良"基因"。但是由于 Lua 语言使用人群较小，Torch 一直未能获得主流应用。

MXNet 由华人博士陈天奇和李沐等人开发，已经是亚马逊公司的官方深度学习框架。采用了命令式编程和符号式编程混合方式，灵活性高，运行速度快，文档和案例也较为丰富。

PyTorch 是 Facebook 基于原有的 Torch 框架推出的采用 Python 作为主要开发语言的深度学习框架。PyTorch 借鉴了 Chainer 的设计风格，采用命令式编程，使得搭建网络和调试网络非常方便。尽管 PyTorch 在 2017 年才发布，但是由于精良紧凑的接口设计，PyTorch 在学术界获得了广泛好评。在 PyTorch 1.0 版本后，原来的 PyTorch 与 Caffe2 进行了合并，弥补了 PyTorch 在工业部署方面的不足。总的来说，PyTorch 是一个非常优秀的深度学习框架。

Keras 是一个基于 Theano 和 TensorFlow 等框架提供的底层运算而实现的高层框架，提供了大量方便快速训练、测试的高层接口，对于常见应用来说，使用 Keras 开发效率非常高。但是由于没有底层实现，需要对底层框架进行抽象，运行效率不高，灵活性一般。

TensorFlow 是 Google 于 2015 年发布的深度学习框架，最初版本只支持符号式编程。得益于发布时间较早，以及 Google 在深度学习领域的影响力，TensorFlow 很快成为流行的深度学习框架。但是由于 TensorFlow 接口设计频繁变动，功能设计重复冗余，符号式编程开发和调试非常困难等问题，TensorFlow 1.x 版本一度被业界诟病。2019 年，Google 推出 TensorFlow 2.0 正式版本，以动态图优先模式运行，从而能够避免 TensorFlow 1.x 版本的诸多缺陷，已获得业界的广泛认可。

目前来看，TensorFlow 和 PyTorch 框架是业界使用最为广泛的两个深度学习框架，TensorFlow 在工业界拥有完备的解决方案和用户基础，PyTorch 得益于其精简灵活的接口设计，可以快速设计、调试网络模型。TensorFlow 2.0 发布后弥补了 TensorFlow 在上手难度方面的不足，使得用户既能轻松上手 TensorFlow 框架，又能无缝部署网络模型至工业系统。

本书主要以 TensorFlow 2.0 作为主要框架实战多种深度学习案例。这里特别介绍 TensorFlow 与 Keras 之间的联系与区别：Keras 可以理解为一套高层 API 的设计规范，Keras 官网有这套规范的具体实现，TensorFlow 也与 Keras 相互兼容。TensorFlow 实现 Keras 的规范称为 tf. keras 模块，tf. keras 是 TensorFlow 2.0 版本的唯一高层接口，避免了接口重复冗余的问题。如无特别说明，本书中 Keras 均指代 tf. keras。

## 1.4 开发环境的安装

### 1. Anaconda 的安装

Anaconda 是专门为了方便使用 Python 进行数据科学研究而建立的一组软件包，涵盖了数据科学领域常见的 Python 库，并且自带了专门用来解决软件环境依赖问题的 conda 包管理系统，可以很方便地解决多版本 Python 并存、切换以及各种第三方包安装问题。Anaconda 利用 conda 命令来进行包和环境的管理，并且已经默认安装了 Python 和相关的配套工具。

本节将在 Windows 10 系统下安装 Anaconda。

1）进入 Anaconda 官网，选择"Products"下拉菜单中的"Insividual Edition"，如图 1-8 所示。

图 1-8 Anaconda 下载入口

2）找到页面底端的"Anaconda Installers"，选择适合系统的安装包，这里选择 Windows 系统中的 64 位安装包，如图 1-9 所示。安装包较大，下载需要耐心等待。

图 1-9　Anaconda 安装包选择

3）另外，为了解决官网下载安装包较慢的问题，可以选择清华镜像源下载。这里选择适用于 Windows 系统最新的 Anaconda 版本，如图 1-10 所示。

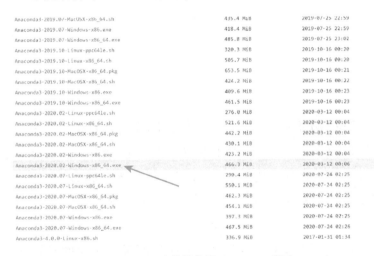

图 1-10　清华镜像源 Anaconda 版本

4）安装包下载好后，单击安装包，出现图 1-11 所示界面，依次单击"Next""I Agree"按钮。

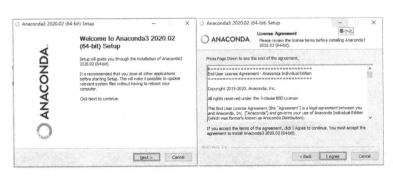

图 1-11　开始安装

5）选择"Just Me"或者"All Users"，单击"Next"按钮，如图 1-12 所示。

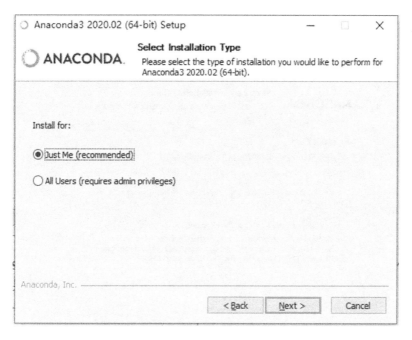

**图 1-12　安装证书**

6）选择安装目录，系统默认安装在 C 盘，Anaconda 软件占用空间较大，可根据需要自定义安装到空间较大的盘，如图 1-13 所示。

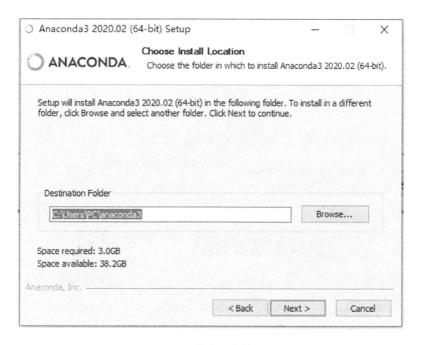

**图 1-13　自定义安装目录**

7）在"Advanced Options"中的两个选项中勾选第一个，将 Anaconda 添加至环境变量。第二个是为系统选择默认的 Python 版本，不选择，单击"Install"按钮安装，如图 1-14 所示。等待安装完成后再单击"Next"按钮。

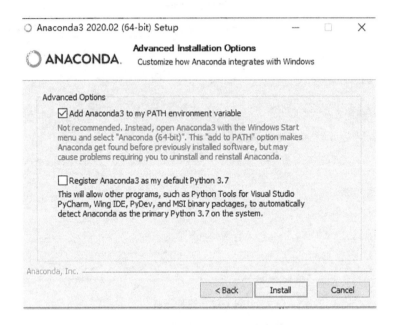

图 1-14　添加 Anaconda 环境变量

8）图 1-15 所示是 PyCharm 的推广，PyCharm 是一个代码编辑器，能够根据不同语法自动缩进以及高亮显示代码，本书不使用 PyCharm 作为代码编辑工具，因此单击"Next"按钮。

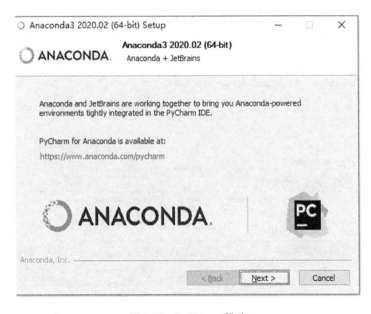

图 1-15　PyCharm 推广

9）图 1-16 所示的两个选项可以选，也可以不选，最后单击"Finish"按钮完成安装。

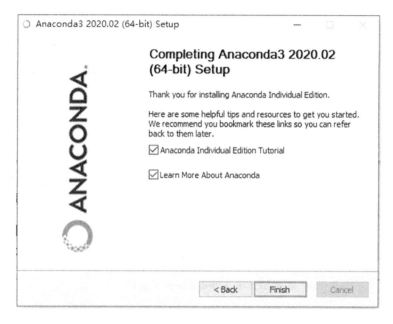

**图 1-16　完成安装**

10）在 Windows 10 的搜索框中输入"anaconda"，打开 Anaconda Prompt，如图 1-17 所示。

**图 1-17　打开 Anaconda Prompt**

11）输入"python-V"查看 Python 版本，可以发现 Python 版本为默认的 Python 3.7.6，如图 1-18 所示。

图 1-18　Anaconda 安装验证

至此，Anaconda 环境管理器安装教程全部完成。

## 2. 创建虚拟环境

下面开始在 Anaconda 软件中创建虚拟环境。

通过 Anaconda 软件图形界面创建：

1）在搜索框中输入"anaconda"命令，单击 Anaconda 图标打开软件，单击左下角的"Create"按钮，如图 1-19 所示。

图 1-19　打开软件并创建虚拟环境

2）弹出创建新环境的对话框。给新建的虚拟环境命名，这里将虚拟环境命名为 tf，Python 版本为 3.6，单击"Create"按钮，如图 1-20 所示。

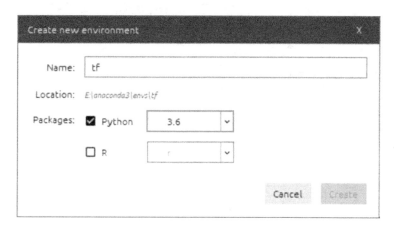

图 1-20　命名并创建虚拟环境

3）稍等片刻，在 Environments 一栏会多出一个名为 tf 的虚拟环境，如图 1-21 所示。

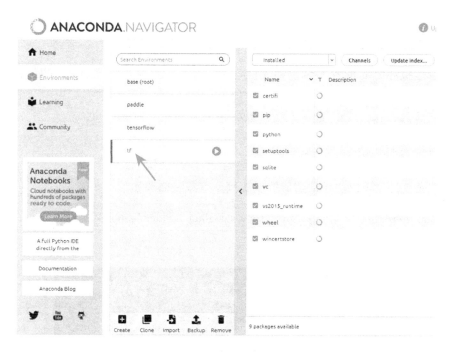

图 1-21　显示创建的虚拟环境

4）打开 Anaconda Prompt 命令提示符，默认打开 base（root）环境，在命令提示符中输入"activate tf"命令，激活创建的虚拟环境，如图 1-22 所示，表示 tf 虚拟环境创建成功。

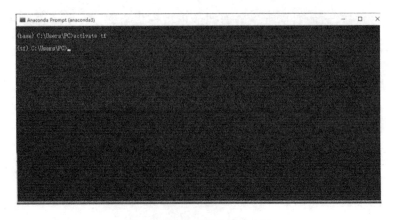

图 1-22　激活创建的虚拟环境

通过命令创建：

创建一个名为 tf、Python 版本为 3.6 的虚拟环境，打开 Anaconda Prompt，输入如下命令。

```
conda create -n tf python = 3.6
```

使用前述方法可以查看 Python 版本和虚拟环境。

### 3. 安装 TensorFlow

这里给虚拟环境 tf 配置安装包和深度学习框架，深度学习框架选择 CPU 版的 Tensor-Flow 2.0。

1) 激活虚拟环境 tf 后，输入如下命令安装 TensorFlow，如图 1-23 所示。

```
conda install tensorflow
```

如果下载太慢，可以选择从清华镜像源网站下载，命令如下：

```
pip install tensorflow -i https://pypi. tuna. tsinghua. edu. cn/simple tensorflow
```

图 1-23　虚拟环境中安装 TensorFlow

2）输入"y"确认安装，如图1-24所示。

**图1-24　确认安装 TensorFlow**

3）安装完成后，输入"pip list"命令，查看安装包列表，可以看到安装的 TensorFlow 版本为2.1.0，如图1-25所示。

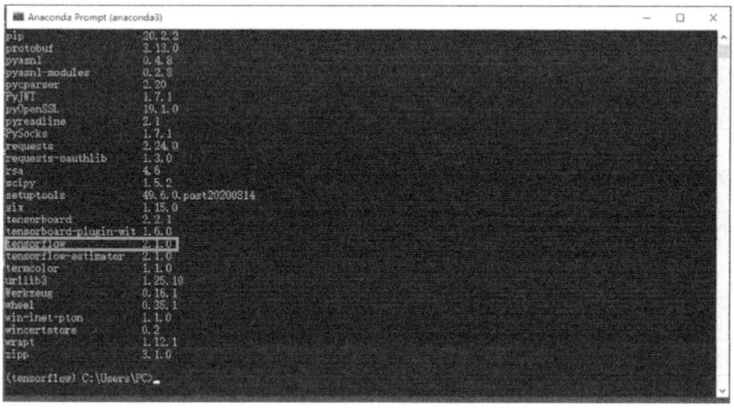

**图1-25　查看安装的 TensorFlow**

或者输入"pip show tensorflow"命令，显示版本信息，如图1-26所示。

**图1-26　显示版本信息**

4）测试 TensorFlow 是否安装成功。输入 "python"，进入 Python 命令行模式，然后输入：

```
import tensorflow
```

如果没有显示任何报错信息，则 TensorFlow 安装成功。如图 1-27 所示。

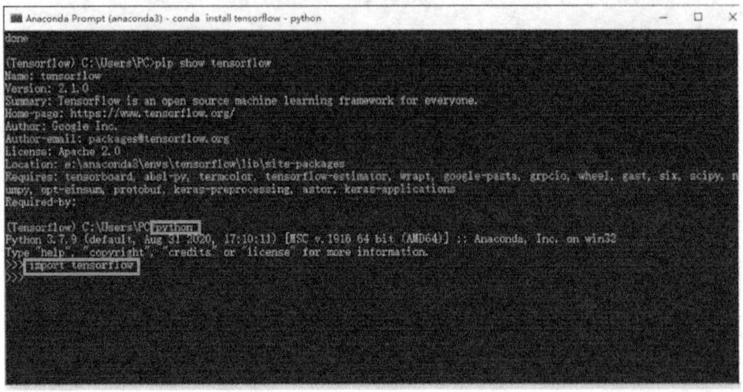

图 1-27　TensorFlow 安装成功

### 4. Python 第三方库的安装

TensorFlow 安装完成之后，在开发具体的项目时，还需要安装一些 Python 的第三方库，这里以安装 Matplotlib、Numpy 和 Pandas 为例，介绍第三方库的安装流程，按照此流程可以安装其他库。

（1）Matplotlib

Matplotlib 是一个数据可视化工具，可以用来绘制各种图表，如折线图、柱状图和三维图。安装命令如下：

```
pip install matplotlib
```

（2）Numpy

Numpy 是一个数学函数库，支持矩阵运算和大量数学函数运算，Numpy 数据类型支持在 Matplotlib、OpenCV 等多种第三方库上使用。安装命令如下：

```
pip install numpy
```

（3）Pandas

Pandas 是数据分析及可视化工具，支持数据处理和数据的可视化，例如读取 Excel 文件中的数据，并对其进行统计、运算、分析或可视化。安装命令如下：

```
pip install pandas
```

与安装 TensorFlow 一样，如果安装第三方库时下载速度比较慢，可以选择从清华镜像源网站下载，命令如下：

```
pip install tensorflow -i https://pypi. tuna. tsinghua. edu. cn/simple + 库名称
```

### 5. Jupyter Notebook

Jupyter Notebook 是基于网页的用于交互计算的应用程序。其可被应用于全过程计算：开发、文档编写、运行代码和展示结果。Anaconda 已经自动安装了 Jupyter Notebook，只需要打开 Anaconda Prompt，输入"jupyter notebook"命令就可以打开页面，本书推荐使用 Jupyter Notebook 执行代码，下面对 Jupyter Notebook 做简要介绍。

1）创建了 TensorFlow 虚拟环境之后，需要把虚拟环境在 Jupyter Notebook 网页中显示出来。

在激活的 TensorFlow 虚拟环境中安装 ipykernel：

```
pip install ipykernel
```

将环境写入 Jupyter Notebook 的 kernel 中；执行以下命令：

```
python -m ipykernel install--name tensorflow
```

2）启动 Jupyter Notebook。

在 Windows 命令提示符或 Anaconda Prompt 中输入"jupyter notebook"命令，打开 Jupyter Notebook 页面。

### 6. 新建执行文件

单击界面右上角的"New"按钮，选择"tensorflow"虚拟环境（Anaconda 中又称为 Kernel），如图 1-28 所示。

**图 1-28 新建执行文件**

打开界面后，可以在方框（cell）中输入"import tensorflow"命令载入前面安装的Tensor-Flow、Matplotlib、Numpy、Pandas，然后单击运行按钮或按〈Shift + Enter〉组合键执行代码。代码执行完毕后，方框前面的中括号由空格变成数字，表示代码执行完毕，如图1-29所示。

图1-29　载入需要的库

# 单元小结

本单元介绍了深度学习的基本概念和应用场景等基础知识，重点介绍了与深度学习息息相关的人工神经网络的由来，另外给出了深度学习开发环境的部署方法和流程。通过本单元的学习，读者需要熟悉深度学习的基本概念，掌握深度学习开发环境的搭建方法，为后续的理论学习和项目实践打好基础。

# 课后习题

## 一、填空题

1. 深度学习算法是机器学习中具有深层网络结构的神经网络算法，可以说深度学习是基于_____的机器学习。

2. _____是人工智能的核心技术领域，属于人工智能的一个分支。

3. 机器学习是使计算机按照设计和编程的算法运行的科学技术。许多研究人员认为机器学习是取得人类级人工智能进步的最好方法。机器学习主要包括_____和_____学习模式。

4. 有监督学习以训练集作为模型的输入，其中每个样本都有标注信息，可以称标注信息为_____。

5. 深度学习是机器学习的一个子领域，深度学习的核心技术来自于受人类大脑启发而发明的_____。

6. 深度学习相对于机器学习来说，具有一些显著的特点：_____、_____、_____。

7. 深度学习的主要应用领域有_____、_____和_____。

二、单选题

1. 深度学习是机器学习的一个热门研究领域，是基于（　　）的更广泛的机器学习方法。

A. 支持向量机　　　　　　　　　　B. 人工神经网络

C. 朴素贝叶斯　　　　　　　　　　D. 人工智能

2. 人工智能是一个以计算机科学为基础，由计算机、心理学、哲学等多学科交叉融合的交叉学科，其核心技术领域是（　　）。

A. 深度学习　　　　　　　　　　　B. 人工神经网络

C. 机器学习　　　　　　　　　　　D. 卷积神经网络

3. 深度学习的应用非常广泛，下列不属于深度学习的应用领域的是（　　）。

A. 计算机视觉　　　　　　　　　　B. 自然语言处理

C. 机器学习　　　　　　　　　　　D. 强化学习

4. 深度学习虽然属于机器学习的子领域，但是深度学习与机器学习的区别不包括（　　）。

A. 数据量的大小　　　　　　　　　B. 解决问题的方法

C. 算法执行的时间　　　　　　　　D. 用于人工智能

5. 下列不属于深度学习框架的是（　　）。

A. PyTorch　　　　　　　　　　　B. TensorFlow

C. Python　　　　　　　　　　　　C. MXNet

三、判断题

1. 机器学习主要包括监督学习和无监督学习两种模式，除此之外，还包括半监督学习和强化学习。　　　　　　　　　　　　　　　　　　　　　　　　　（　　）

2. 目标检测是指通过算法自动检测出图像中目标物体的类别及大致位置，然后用边界框表示，并标出边界框中物体的类别信息。　　　　　　　　　　　　　　（　　）

3. 自动驾驶被认为是强化学习在短期内能技术落地的一个应用方向。　　（　　）

4. 深度学习是实现人工智能达到人类意识级别的核心方法。　　　　　　（　　）

5. 深度学习虽然是一个热门领域，但是已有多年的发展历史，主要有快速发展期和爆发期。　　　　　　　　　　　　　　　　　　　　　　　　　　　　（　　）

6. 2006年Hinton提出了深度置信网络，该年份被称为机器学习的元年。　　（　　）

**四、简答题**

1. 简述深度学习和人工智能概念的关系。

2. 列举出目前主流的深度学习框架。

3. 简要说明深度学习建模的主要步骤。

4. 深度学习与机器学习的主要区别是什么？

5. 什么是监督学习模式？

**五、操作题**

1. 在 Windows 系统下安装 Anaconda 软件，并配置 TensorFlow 开发环境。

2. 安装 Matplotlib、Numpy 和 Pandas 库，并使用 Jupyter Notebook 测试是否安装成功。

# Unit 2

# 深度学习框架TensorFlow

# 单元概述

单元 1 了解了神经网络的概念，那么该怎么实现神经网络？使用 Python 第三方库 Numpy 可以实现神经网络的搭建，不过这种方法编写的代码烦琐，网络层数增加时，执行时间也会很长。有没有一种框架，可以将功能代码封装成功能模块？TensorFlow 就是一种为深度神经网络模型搭建而开发的开源软件库，通过简单的代码调用功能模块即可轻松实现模型搭建，TensorFlow 也越来越受到大家的喜爱。本单元主要介绍 TensorFlow 的相关知识。

# 学习目标

知识目标

- 熟悉深度学习框架 TensorFlow 中的数学基础、基本概念及其优点。
- 掌握 TensorFlow 的基本数据类型。
- 掌握张量的物理意义及应用。
- 掌握回归的概念和算法。

能力目标

- 能够独立安装 Anaconda 软件，并创建虚拟环境。
- 能够正确安装 TensorFlow 及常用的第三方 Python 库。

素质目标

- 培养学生自主学习和知识理解能力。
- 培养学生的模型设计和动手实践能力。

## 2.1 TensorFlow 介绍

### 1. TensorFlow 简介

TensorFlow 是 Google Brain 团队设计的开源深度学习框架，是基于 DistBelief 研发的第二代人工智能学习框架。TensorFlow 结合了计算代数的优化技术，以最简单的方式实现机器学习和深度学习的相关功能模块，在诸多深度学习框架中表现突出。目前，TensorFlow 已经被广泛应用于图像识别、自然语言处理等多项深度学习领域，也是目前使用人数最多、影响最大的编程框架。TensorFlow 的主要功能有以下几个方面：

1）以张量的多维数组轻松定义、优化和计算数学表达式。

2）支持深度神经网络和机器学习技术的编程。

3）具有多种数据集、网络模型等高度可扩展的计算模块。

4）允许模型部署到工业生产的应用中。

5）支持 GPU 计算，实现了自动化管理。

6）提供了对初学者友好的高级 API——Keras 接口。

## 2. TensorFlow 的优点

TensorFlow 框架具有许多特性，如 TensorFlow 官网介绍的高度灵活性、真正的可移植性、科研与产品紧密相连、自动微分、多语言选择以及性能最优化六大特性。

（1）高度灵活性

TensorFlow 不仅是一个"神经网络"库，任何可以用数据流图来表示的计算函数都能够使用 TensorFlow 框架实现。用户也可以在 TensorFlow 的基础上编写上层库，还可以使用 C++ 代码丰富底层数据。因此，TensorFlow 可以很灵活地满足用户的需求。

（2）真正的可移植性

TensorFlow 支持在台式机、服务器、移动终端、云端服务器的 CPU、GPU 和 TPU 等加速设备上运行，支持在加速设备上分布式规模化训练模型，训练好的模型也可以部署到手机 APP、云端服务器以及 Docker 容器中等多种终端设备上。

（3）科研与产品紧密相连

将科研中的机器学习想法应用到实际产品中，需要大量的代码重写工作，而使用 TensorFlow 可以让应用型研究者的想法迅速运用到实际产品中，也可以让学术型研究者很方便地分享代码，提高科研效率。

（4）自动微分

TensorFlow 能够自动完成微分计算操作，这在基于梯度的梯度下降算法中是很重要的。梯度下降算法是神经网络模型训练最常用的优化算法，使用 TensorFlow 完成机器学习只需要定义预测模型的计算结构、目标函数，然后添加数据便能完成微分计算。

（5）多语言选择

TensorFlow 提供了 C++ 和 Python 的 API，可以直接写 Python 或 C++ 程序，或者通过交互式的 ipython 界面来用 TensorFlow 实现一些思想。

（6）性能最优化

TensorFlow 支持线程、队列、异步操作，可以将计算元素分配到不同的计算设备上，能够将硬件计算力全部发挥出来。

### 3. TensorFlow 中的基本概念

使用 TensorFlow 创建基本应用程序之前，了解 TensorFlow 中的基本概念非常重要。TensorFlow 中涉及的概念有张量、计算图（也称数据流图）、会话等，TensorFlow 的命名就是由张量（Tensor）和流（Flow）组成的，解释为张量在计算图中流动，即计算。下面对每个概念进行详细说明。

（1）张量

张量是矩阵向任意维度的推广，分为标量、向量、矩阵、多维数组，TensorFlow 的运算都是基于张量进行的。

1）零维张量称为标量（scalar），标量是只有大小，没有方向的常数，如 1、2、3、4 等，维度数为 0，shape = ( )。

2）一维张量称为向量（vector），具有大小和方向。向量是 $n$ 个实数的有序集合，用中括号表示，如 [1]、[2，3，4] 等，维度数为 1，长度不确定，shape = $(n,)$。

3）二维张量称为矩阵（matrix），通常把矩阵定义为多维数组，以行和列的格式排列。具有 $n$ 行和 $m$ 列的矩阵表示为 $n \times m$ 矩阵，是 $n$ 行 $m$ 列实数的有序集合，如 [[1，2]，[3，4]]，也可以写成：

$$\begin{bmatrix} 1 & 2 \\ 3 & 4 \end{bmatrix}$$

维度数为 2，每个维度上的长度不确定，shape = $(n, m)$。

张量的每个维度也叫作轴（Axis），一般维度代表了具体的物理含义，比如 shape 为 [2，32，32，3] 的张量共有四维，如果表示图片数据的话，每个维度代表的含义分别是：2 代表了 2 张图片，32 代表了高宽均为 32，3 代表了 RGB 3 个通道。张量的维度数以及每个维度所代表的具体物理含义需要由用户自行定义。

下面在 TensorFlow 中创建标量、向量、矩阵、多维数组：

创建一个标量，代码如下：

```
import tensorflow as tf
a = tf. constant(5)
print(a)
print('a 是{}维 Tensor'. format(a. ndim))
```

输出结果如下：

```
tf. Tensor(5, shape = ( ), dtype = int32)
a 是 0 维 Tensor
```

其中，形状（shape）描述了各个维度的容量或者大小，shape=()表示标量，dtype=32表示数据类型为整数。

创建一个向量，代码如下：

```
b = tf. constant([1,2,3,4])
print(b)
print('b 是{}维 Tensor'. format(a. ndim))
```

输出结果如下：

```
tf. Tensor([1 2 3 4],shape=(4,),dtype=int32)
b 是1 维 Tensor
```

创建一个二维矩阵，每个维度数组长度为3，代码如下：

```
c = tf. constant([[1,2,3],[4,5,6]])
print(c)
print('c 是{}维 Tensor'. format(a. ndim))
```

输出结果如下：

```
tf. Tensor(
[[1 2 3]
 [4 5 6]],shape=(2,3),dtype=int32)
c 是2 维 Tensor
```

创建一个三维张量，三维以上的张量称为多维数组，代码如下：

```
d = tf. constant([[[1,2,3],[4,5,6]],[[7,8,9],[10,11,12]]])
print(d)
print('d 是{}维 Tensor'. format(a. ndim))
```

输出结果如下：

```
tf. Tensor(
[[[1  2  3]
  [4  5  6]]
[[7  8  9]
  [10 11 12]]],shape=(2,2,3),dtype=int32)
d 是3 维 Tensor
```

（2）计算图

计算图（Computation Graph）是包含节点（Node）和边（Edge）的有向无环图，节点用来表示数学运算，边表示节点间的关联性，整个计算图用来描述计算过程，图2-1为数学式 ReLU（$xw+b$）的计算图。图上的节点执行操作（Operation，OP）须在会话（Session）中进行，才能得到计算结果。会话的开启涉及真实的运算，会消耗计算资源，会话结束后需要关闭。

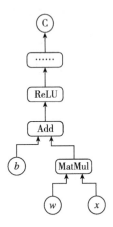

图 2-1　计算图

下面代码首先创建了两个矩阵，然后在计算图中执行两个矩阵相乘，最后输出计算的结果：

```
import tensorflow. compat. v1 as tf
tf. compat. v1. disable_eager_execution( )
matrix1 = tf. constant([[3, 3, 1],[2, 2, 2],[1, 1, 1]])
matrix2 = tf. constant([[2],[3],[4]])
product = tf. matmul( matrix1, matrix2)
print( product)
with tf. Session( ) as sess:
    result = sess. run( product)
    print( result)
```

输出结果如下：

```
Tensor( "MatMul_1:0", shape = (3, 1), dtype = int32)
[[19]
 [18]
 [ 9]]
```

（3）变量

变量是计算图中的一种有状态节点，用于在多次执行同一计算图时存储并更新指定参数，对应了机器学习或深度学习算法中的模型参数；作为有状态节点，其输出由输入、节点操作、节点内部已保存的状态值共同作用；创建变量的方法有三种：使用 tf. Variable( ) 函数直接定义；使用 TensorFlow 内置函数创建；使用其他变量初始值来定义新变量。变量的调用语法为 tf. Variable( dtype, shape = None, name = None)，其中，dtype 表示数据类型；shape 表示数据维度；name 表示张量名称。

（4）占位符

占位符（Placeholder）用于声明一个张量的数据格式，告诉系统这里会有一个这种格式的张量，但是还没有给定具体数值，具体的数值要在正式运行的时候填充。占位变量是一种 TensorFlow 用来解决读取大量训练数据问题的机制，它允许不在一开始赋值，随着训练再把数据传送给训练网络学习。占位符调用语法为 tf. placeholder( dtype, shape = None, name = None)，其中 dtype 表示数据类型；shape 表示数据维度；name 表示张量名称。

（5）操作

操作（Operation）是 TensorFlow 图中的节点，它的输入和输出都是 Tensor。作用都是完成各种操作，包括算数操作、矩阵操作、神经网络构建操作等。

（6）会话

会话（Session）在 TensorFlow 中是计算图的具体执行者，与图进行实际的交互。

## 2.2 TensorFlow 数学基础

数学是任何机器学习算法的核心，使用"TensorFlow"创建应用程序之前，了解一些 TensorFlow 中基本的数学概念是很必要的，理解数学核心概念有助于定义机器学习算法的解决方案。

### 1. TensorFlow 数学概念

TensorFlow 中经常出现的数学概念有：

（1）标量

标量（Scalar），也称纯量，是只有大小，没有方向的量，标量也称为 0 维张量。比如一个常数，只有数值大小，没有方向。在物理学中，标量是在坐标变换的情况下保持不变的物理量。

（2）向量

向量（Vector），也称矢量，是既有大小又有方向的量。向量是一列数，即一维数组，向量也称为一维张量。例如，在物理学中，速度就是一个向量。

（3）矩阵

矩阵（Matrix）是一个二维数组，数组元素以行和列的格式排列。矩阵的大小由行长度和列长度定义。矩阵也称为二维张量。由 $m \times n$ 个数 $a_{ij}$ 排成的 $m$ 行 $n$ 列的数表称为 $m$ 行 $n$ 列的矩阵，简称 $m \times n$ 矩阵。矩阵的数学运算包括：矩阵加法、矩阵减法、矩阵乘法、矩阵转置等运算。

（4）张量

三维以上的张量（Tensor）是多维数组，标量、矢量、矩阵都可以用张量表示，只是维度不同。

## 2. TensorFlow 实现数学运算

TensorFlow 中的数学运算包括加、减、乘、除、幂次方、对数、矩阵相乘等运算。

（1）加、减、乘、除

加、减、乘、除是最基本的数学运算，分别通过 tf. add( )、tf. subtract( )、tf. multiply( )、tf. divide( )函数实现，TensorFlow 支持 +、-、*、/ 运算符，一般推荐直接使用运算符来完成加、减、乘、除运算。整除、除法取余也是常见的运算之一，分别通过 // 和 % 运算符实现。

（2）幂次方

函数 tf. pow(x, a)可以完成 x 的 a 次方运算，也可以使用 x ** a 完成。设置指数为 $1/a$ 的形式，即可以实现 x 开 a 次方根的运算。而对于一些常见的平方和、平方根运算，可以使用 tf. square( )和 tf. sqrt( )实现。平方根运算相当于指数为 0.5，是一个小数，所以底数也应该转换为小数。

（3）矩阵相乘

通过 tf. matmul(a, b)函数实现矩阵相乘。矩阵 A 和 B 能够矩阵相乘的条件是，A 的倒数第一个维度长度和 B 的倒数第二个维度长度必须相等。

# 2.3　TensorFlow 基本数据类型

TensorFlow 中的基本数据类型包括：数值型、字符串型、布尔型。

## 1. 数值型

数值型数据是 TensorFlow 中最常见的数据类型，标量、向量、矩阵、张量等都属于数值型。标量的创建可以使用 Python 语言创建，也可以使用 TensorFlow 框架创建，TensorFlow 使用 tf. constant( )函数创建标量。向量是 $n$ 个实数的有序集合，如 [1，2，3] 是维度数为 1，shape = (3)的向量，TensorFlow 使用 tf. constant( )函数创建向量。矩阵是 $n$ 行 $m$ 列实数的有序集合。维度为 2，shape 为 $(n，m)$，TensorFlow 使用 tf. constant( )函数创建矩阵。所有维度大于 2 的数组统称为张量。张量的每个维度也称作轴（Axis），一般维度代表了具体的含义，例如 shape 为 (2，32，32，3) 的张量一共有四维，如果表示图片的数据，2 代表 2 张图片，32 代表了高、宽都是 32，3 代表 RGB 共 3 个通道。TensorFlow 使用 tf. constant( )函数创建张量。

### 2. 字符串型

除了丰富的数值类型外，TensorFlow 还支持字符串（String）类型的数据，TensorFlow 通过 tf. constant( )函数传入字符串对象即可创建字符串类型的张量，在 tf. string 模块中提供了许多处理字符串数据的函数，如大写化 upper( )、小写化 lower( )、拼接 join( )、长度 length( )、切分 split( )等函数。

### 3. 布尔型

为了方便表达比较运算操作的结果，TensorFlow 还支持布尔类型（bool）的张量。布尔类型的张量只需要传入 Python 语言的布尔类型数据，转换成 TensorFlow 内部布尔型即可。

## 2.4　张量的物理意义及应用

在介绍完张量的相关属性和创建方式后，下面介绍不同维度下张量的典型应用，让读者在看到每种张量时，能够直观地联想到它主要的物理意义和用途，为后续张量的维度变换等一系列抽象操作的学习打下基础。

本节在介绍典型应用时不可避免地会提及后续将要学习的网络模型或算法，学习时不需要完全理解，有初步印象即可。

### 1. 标量

在 TensorFlow 中，标量最容易理解，它就是一个简单的数字，维度数为 0。标量的一些典型用途有误差值的表示、测量指标的表示，比如准确率（Accuracy）、精确率（Precision）、召回率（Recall）等。

如图 2-2 所示，横坐标为模型训练代数，纵坐标为准确率，准确率由张量计算产生，类型为标量，可以直接可视化为曲线图。

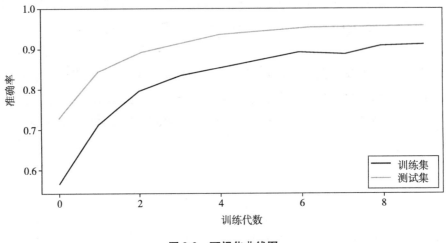

图 2-2　可视化曲线图

准确率是一个用于评估分类模型的指标。通俗来说，是指模型预测正确的结果（包括正例和负例）所占的比例。

### 2. 向量

向量是一种常见的数据载体，例如在全连接层和卷积神经网络层中，偏置张量 $b$ 就是使用向量来表示。如图 2-3 所示，每个全连接层的输出节点都添加了一个偏置值，把所有输出节点的偏置表示成向量形式：$b=\left[b_1,b_2\right]^{\mathrm{T}}$。

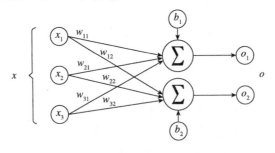

图 2-3　偏置的典型应用

通过高层接口以 Dense( ) 函数方式创建网络层，张量 $w$ 和 $b$ 均存储在类的内部，由类自动创建并管理。可以通过全连接层的 bias 成员变量查看偏置张量 $b$，例如创建输入节点数为 4、输出节点数为 3 的线性层网络，那么它的偏置张量 $b$ 的长度应为 3。

### 3. 矩阵

矩阵也是张量类型，比如全连接层的批量输入 $x=\left[b,d_{in}\right]$，其中 $b$ 表示输入样本的个数，即 batch size，$d_{in}$ 表示输入特征的长度。比如特征长度为 4，一共包含 2 个样本的输入可以表示为矩阵：$x = $ tf. random. normal（[2, 4]），令全连接层的输出节点数为3，则它的权值张量 $w$ 的 shape 为[4, 3]。

### 4. 三维张量

三维张量的一个典型应用是表示序列信号，它的格式是 $x = [b, sequence\ len, feature\ len]$，其中 $b$ 表示序列信号的数量，$sequence\ len$ 表示序列信号在时间维度上的采样点数，$feature\ len$ 表示每个点的特征长度。

在自然语言处理中句子的表示就使用三维张量。例如在评价句子是否为正面情绪的情感分类任务网络中，为了能够方便字符串被神经网络处理，一般将单词通过嵌入层（Embedding Layer）编码为固定长度的向量，比如 a 编码为某个长度为3的向量，那么两个等长（单词数为5）的句子序列可以表示为 shape = [2, 5, 3]的三维张量，其中2表示句子个数，5表示单词数量，3表示单词向量的长度。

### 5. 四维张量

四维张量在卷积神经网络中应用非常广泛，它用于保存特征图（Feature maps）数据，格式一般定义为[b, h, w, c]，其中 $b$ 示输入的数量，$h$ 和 $w$ 分别表示特征图的高和宽，$c$ 表示特征图的通道数，部分深度学习框架也会使用[b, c, h, w]格式的特征图张量，例如 PyTorch。图片数据是特征图的一种，对于含有 RGB 3 个通道的彩色图片，每张图片包含了 $h$ 行 $w$ 列像素点，每个点需要3个数值表示 RGB 通道的颜色强度，因此一张图片可以表示为[h, w, 3]。神经网络中一般并行计算多个输入以提高计算效率，故一张 RGB 图片的张量可表示为[b, h, w, 3]。下面代码创建 RGB 图像的张量数据，并通过卷积层计算输出结果。

```
import tensorflow as tf
x = tf. random. normal（[4,32,32,3]）  # 创建 32x32 的彩色图片输入,个数为 4
layer = tf. keras. layers. Conv2D（16,kernel_size = 3）  # 创建卷积神经网络
out = layer（x）  # 前向计算
out. shape  # 输出大小
```

输出结果如下：

```
TensorShape（[4, 30, 30, 16]）
```

输出结果为一个 shape = [4, 30, 30, 16]的四维张量，即4个大小为 $30 \times 30$，通道数为16的特征图。

# 2.5 实战案例——TensorFlow 优化程序

## 1. 案例目标

1）掌握 TensorFlow 包的调用方法。

2）掌握使用定义占位符和变量的方法。

3）掌握计算图的定义方法。

4）掌握会话的创建方法。

5）了解损失函数和优化过程。

## 2. 案例分析

本案例是一个基于 TensorFlow 的优化小程序，根据给定的数据，求解一元一次函数的参数值。案例描述：$x$、$y$ 是二维矩阵，$x = [[1.0, 3.0], [3.2, 4.0]]$，$y = [[6.0, 3.0], [5.2, 43]]$，运算公式为 $x * W + b = y$，求 $W$ 和 $b$ 的最优值。

## 3. 环境配置

Windows 10

TensorFlow 2.3.0

Matplotlib 3.3.2

## 4. 案例实施

1）导入库。开发环境安装的是 TensorFlow 2.0 版本，为了与 TensorFlow 1.0 兼容，需要输入如下代码导入 TensorFlow 包：

```
# 导入库
import tensorflow.compat.v1 as tf
tf.compat.v1.disable_eager_execution()
```

2）定义占位符和变量。先给输入数据定义占位符，在训练优化函数的过程中输入数据，并定义变量 $W$ 和 $b$。

```
#定义占位符
x = tf.placeholder('float', shape = (2, 2))
y = tf.placeholder('float', shape = (2, 2))
```

```
# 定义变量
W = tf. Variable( tf. zeros( [ 2, 2 ] ) )
b = tf. Variable( tf. zeros( [ 1 ] ) )
```

3）定义计算图和损失函数，使用梯度下降法优化。

```
# 定义计算图
result = tf. matmul( x, W) + b
# 定义损失函数
lost = tf. reduce_sum( tf. pow( ( y - result), 2) )
# 训练优化
train_step = tf. train. GradientDescentOptimizer( 0. 001). minimize( lost)
```

4）启动会话并初始化全局变量，为 $x$、$y$ 设置固定的值。通过 while 循环进行迭代训练，并输出最终求出的 $W$ 和 $b$ 的值。

```
with tf. Session( ) as sess：
    sess. run( tf. global_variables_initializer( ) )
    x1 = [ [ 1. 0, 3. 0 ], [ 3. 2, 4. 0 ] ]
    y1 = [ [ 6. 0, 3. 0 ], [ 5. 2, 43 ] ]
    step = 0
    while( True )：
        step + = 1
        feed = { x：x1, y：y1 }
        sess. run( train_step, feed_dict = feed)
        if step % 500 = = 0：
            print( "step：{0}, loss{1}". format( step, sess. run( lost, feed_dict = feed) ) )
            if sess. run( lost, feed_dict = feed) < 0. 00001 or step > 10000：
                print( 'final loss is：{ }'. format( sess. run( lost, feed_dict = feed) ) )
                print( 'W：{ }'. format( sess. run( W) ) )
                print( 'b：{ }'. format( sess. run( b) ) )
                result1 = tf. matmul( x1, W) + b
                print( 'final result is：\n{ }'. format( sess. run( result1) ) )
                print( 'final error is：\n{ }'. format( sess. run( result1 - y1) ) )
                break
```

经过训练，计算得到 $W$、$b$ 的值和误差矩阵，输出结果如图 2-4 所示。

```
step:500, loss59.34284210205078
step:1000, loss8.974447250366211
step:1500, loss1.4008982181549072
step:2000, loss0.22409722208976746
step:2500, loss0.036496296525001526
step:3000, loss0.006020860280841589
step:3500, loss0.0010028331307694316
step:4000, loss0.00016877290909178555
step:4500, loss2.866645809262991e-05
step:5000, loss4.901236934529152e-06
final loss is:4.901236934529152e-06
W:[[-2.1264024 20.263689 ]
 [ 3.879997  -4.5824785]]
b:[-3.51479]
final result is:
[[ 5.998798   3.0014634]
 [ 5.20071   42.9991    ]]
final error is:
[[-0.00120211  0.00146341]
 [ 0.00071001 -0.00090027]]
```

图 2-4　$W$、$b$ 的值和误差矩阵输出结果

# 2.6　实战案例——基于 TensorFlow 框架的线性回归实现

**1. 案例目标**

1）掌握线性回归的概念和思想方法。

2）熟悉深度学习框架 TensorFlow 创建项目的流程。

**2. 案例分析**

线性回归是回归算法的一种，表达了监督学习的过程。线性回归是先随机生成一些数据，目标是找到一个与这些数据最吻合的线性函数。本节使用 TensorFlow 框架构造一个简单的线性回归模型（Linear Regression Model，LRM），以熟悉 TensorFlow 框架下的线性回归

模型构建方法。首先是构造数据集，使用的线性函数是 $y = wx + b$ 的形式，设置初始化参数 $w = 0.5$ 和 $b = 0.3$，使用梯度下降算法进行训练，得出最终的参数值。损失函数直接采用均方差的形式，进行100次迭代得出结果。

### 3. 环境配置

Windows 10

TensorFlow 2. 3. 0

Matplotlib 3. 3. 2

Numpy 1. 19. 5

### 4. 案例实施

1）构造数据集。引入所需要的函数库：

```
import tensorflow as tf
tf. compat. v1. disable_eager_execution( )
import numpy as np
import matplotlib. pyplot as plt
% matplotlib inline
```

创建用于线性回归的模拟数据，一共40个点：

```
x_train = np. linspace(0,12,40)
y_train = np. linspace(0,5,40)
```

用 Numpy 生成随机噪声，加在这些数据点上，并打印出散点图，如图2-5所示。

```
y_train + = np. random. randn(40) * 0. 5
plt. scatter(x_train,y_train)
```

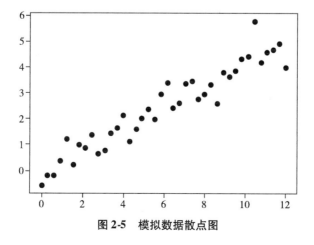

图2-5　模拟数据散点图

进行 $w$ 和 $b$ 参数的初始化，线性回归模型训练的参数就是权重 $w$（weight）和偏移量 $b$（bais）：

```python
# 定义 TensorFlow 参数:x,y,w,b
x = tf. compat. v1. placeholder( dtype = tf. float32,shape = [ None,1],name = 'data')
y = tf. compat. v1. placeholder( dtype = tf. float32,shape = [ None,1],name = 'target')
# 定义两个变量 w 和 b,赋初值
# 斜率
w = tf. Variable( np. random. randn( 1,1),name = 'weight',
                  dtype = tf. float32)
# 截距
b = tf. Variable( np. random. randn( 1,1),name = 'bias',
dtype = tf. float32)
```

2）搭建模型。创建线性模型：

```python
pred = tf. matmul( x,w) + b
```

定义损失函数：

```python
cost = tf. reduce_sum( tf. pow( tf. subtract( pred,y),2))/40
```

设置优化器：

```python
optimizer = tf. compat. v1. train. GradientDescentOptimizer(0. 01). minimize( cost)
```

3）训练模型。定义训练次数：

```python
epoches = 10000
with tf. compat. v1. Session( ) as sess:
    # 变量初始化
    sess. run( tf. compat. v1. global_variables_initializer( ))
    # 循环
    for i in range( epoches):
        opt,c = sess. run( [ optimizer,cost],
                # 给占位符设置数据
                    feed_dict = {
                        x:x_train. reshape( -1,1),
                        y:y_train. reshape( -1,1)
                    })
```

```
# 100 次循环打印输出一次
if(i + 1) % 100 == 0:
        w_ = sess.run(w)
        b_ = sess.run(b)
        print('训练次数:%d,损失函数是:%0.4f,斜率是:%0.2f,截距是:
%0.2f'%(i,c,w_,b_))

    c = sess.run(cost,feed_dict = {x:x_train.reshape(-1,1),y:y_train.reshape(-1,1)})
    w_ = sess.run(w)
    b_ = sess.run(b)
print('训练结束,损失函数是:%0.4f,斜率是:%0.2f,截距是:%0.2f'%(c,w_,b_))
```

训练结束,输出结果,损失是:0.2796,斜率是:0.40,截距是:0.08。

4)测试模型。绘制散点图图形:

```
plt.scatter(x_train,y_train)
x1 = np.linspace(0,12,200)
```

绘制回归线:

```
plt.plot(x1,x1 * 0.42 + 0.15,color = 'green',label = '斜率 = %0.2f,截距 = %0.2f'%
(0.42,0.15))
plt.legend()
```

运行代码并输出结果,如图 2-6 所示。

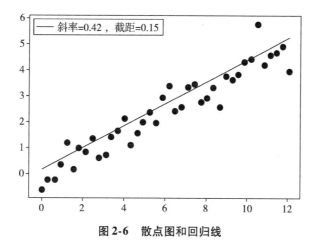

图 2-6　散点图和回归线

# 单元小结

本单元主要介绍了 TensorFlow 的基本知识，包括 TensorFlow 数学概念、基本数据类型等，通过代码实现了不同维度的张量，并进一步加深对张量的物理意义的理解。最后基于 TensorFlow 框架，实现了简单的线性回归。

# 课后习题

**一、填空题**

1. TensorFlow 是 Google Brain 团队设计的开源_____框架。

2. TensorFlow 是目前使用人数最多、影响最大的编程框架，被广泛应用于_____、_____等多项深度学习领域。

3. 标量、向量、矩阵、多维数组统称为_____。

4. _____是包含节点（Node）和边（Edge）的有向无环图，节点用来表示数学运算，边表示节点间的关联性。

5. TensorFlow 的基础数据类型主要有_____、_____和_____。

6. 线性回归是回归算法的一种，是一种_____的过程（选填监督学习或无监督学习）。

7. 全连接层和卷积神经网络层中包含权重张量 $w$ 和偏置张量 $b$，其中 $b$ 使用_____来表示。

**二、单选题**

1. 张量是矩阵向任意维度的推广，其不包括（　　）。

A. 标量 　　　　　　　　　　　B. 向量

C. 多维数组 　　　　　　　　　D. 字符串

2. （　　）用于声明一个张量的数据格式，告诉系统这里会有一个这种格式的张量，但是还没有给定具体数值，具体的数值要在正式运行的时候填充。

A. 缩进符 　　　　　　　　　　B. 占位符

C. NAN 　　　　　　　　　　　D. 字符串

3. 下列选项中，不属于 TensorFlow 的优点的是（　　）。

A. 高度灵活性 　　　　　　　　B. 自动微分

C. 多语言处理 　　　　　　　　D. 代码简洁

### 三、判断题

1. 标量就是一个简单的数字，维度数为1。 （　　）

2. 数值型数据是 TensorFlow 中最常见的数据类型，标量、向量、矩阵、张量等都属于数值型。 （　　）

3. 梯度下降算法是神经网络模型训练最常用的优化算法。 （　　）

4. 任何可以用数据流图来表示的计算函数，都能够使用 TensorFlow 框架实现。（　　）

5. TensorFlow 通过 tf. constant( )函数传入字符串对象即可创建字符串类型的张量。

（　　）

### 四、简答题

简述 TensorFlow 的优点和主要功能。

### 五、操作题

1. 使用 TensorFlow 创建一个标量，并输出其值和维度。

2. 使用 TensorFlow 创建两个矩阵，然后在计算图中执行两个矩阵相乘，最后输出计算的结果。

3. 使用 TensorFlow 框架，自定义数据集，编程实现线性回归模型。

# Unit 3

単元3
## 高级神经网络API

# 单元概述

单元 2 认识了深度学习框架 TensorFlow，本单元开始学习基于 TensorFlow 后端的高级神经网络 API——Keras。Keras 是基于 Python 语言的开源深度学习框架，由 Google 的人工智能研究员开发。Keras 的开发重点是支持快速的实验实现，目前 Keras 框架的使用范围很广泛，诸如 Google、华为和 Uber 等研究组织的人员、深度学习入门学者、科研人员等都在使用该框架。本单元介绍了 Keras 的基本知识，以及 Keras 与深度学习的紧密联系。重点围绕 Keras 模型、Keras 网络层、Keras 模块三个方面进行介绍，每个部分都有相应的代码实现过程，最后基于 Keras 框架完成一些案例。

# 学习目标

知识目标
- 熟悉深度学习框架 Keras 的基本概念。
- 掌握 Keras 框架的体系结构。
- 掌握使用 Keras 框架的建模流程。

能力目标
- 能够独立使用 Keras 框架的各个模块。
- 能够使用 Keras 框架搭建神经网络模型。

素质目标
- 培养学生的动手实践能力。
- 培养学生的自主学习能力。

## 3.1 Keras 基础

### 1. Keras 概述

前面介绍过深度学习的相关概念，深度学习是机器学习框架的主要子领域之一，其主要方法核心是人工神经网络。深度学习由 Theano、TensorFlow、Caffe、MXNet 等各种深度学习框架支持，而 Keras 是功能强大且易于使用的深度学习框架之一，它建立在 TensorFlow 等流行的深度学习框架的基础上，旨在快速定义深度学习模型，使创建深度学习模型更为简单。

### 2. Keras 的特点

Keras 提供了一种简洁的方法来创建基于 TensorFlow 或 Theano 的深度学习模型，并运用了各种优化技术使神经网络 API 调用变得轻松高效。Keras 框架具有以下功能特点：

（1）用户友好

Keras 是专门为用户设计的 API，它把用户体验放在首要位置，提供统一且易懂的 API，将常见用例所需的用户操作简单化，并且在用户操作错误时提供清晰的说明和反馈。

（2）模块化

网络模型是由一系列独立的、完全可配置的模块组成的序列。在 Keras 中，常见的模块有神经网络层、损失函数、优化器、初始化方法、激活函数、正则化方法等，根据所需的功能模块，可以将这些模块以尽可能少的限制组合在一起构建新模型。

（3）易扩展性

使用 Keras 创建的模型，可以增加或删除模块，以提升模型的性能。由于能够轻松地创建可以提高模型性能的新模块，Keras 更加适合高级学术研究。

（4）基于 Python 实现

Keras 没有特定格式的单独配置文件，模块是用 Python 代码来定义的，这些代码紧凑，易于调试，并且易于扩展。

# 3.2　Keras 体系结构

Keras 具有很强的创新性，而且非常易于学习，提供了一个完整的框架来支持从简单的神经网络到复杂的神经网络模型多种类型的神经网络的创建。本节介绍 Keras 框架的体系结构以及 Keras 是如何支持深度学习的。Keras 的体系结构可以分为三个主要类别：模型、核心模块和网络层。通过调用 Keras 模型、层和核心模块，可以以简单有效的方式构建如 CNN、RNN 等神经网络。下面就一起学习 Keras 模型、Keras 核心模块和 Keras 网络层。

### 1. Keras 模型

Keras 提供了序列式（Sequential）、函数式（Functional）和子类（Subclassing）三种模型定义的 API，这里重点对序列式模型和函数式模型进行介绍。

（1）序列式模型

序列式模型也称为顺序模型，顺序模型基本上是 Keras 层的线性组成。顺序模型简单，

并且能够表示几乎所有可用的神经网络。下面是一个简单的顺序模型构建过程:

```
from keras. models import Sequential   # 从 Keras 模型中导入顺序模型
from keras. layers import Dense, Activation   # 导入全连接层和激活函数
```

可以使用 Sequential( )构造器来创建 Sequential 模型:

```
model = Sequential( [
    Dense(32, input_shape = (784, )),
    Activation('relu'),
    Dense(10),
    Activation('softmax'),
])
```

也可以使用 add( )的方法将各网络层添加到模型中:

```
model = Sequential( )
model. add( Dense(32, input_shape = 784))
model. add( Activation('relu'))
```

（2）函数式模型

Keras 函数式模型 API 是用户定义多输出模型、非循环有向模型或具有共享层的模型等复杂模型的有效途径。下面通过使用函数式方法构建一个全连接神经网络模型，帮助理解函数式模型创建方法。

```
from keras. layers import Input, Dense
from keras. models import Model
inputs = Input( shape = (784, ))# 这部分返回一个张量
# 层的实例是可调用的,它以张量为参数,并且返回一个张量
x = Dense(64, activation = 'relu') ( inputs)
x = Dense(64, activation = 'relu') ( x)
predictions = Dense(10, activation = 'softmax') ( x)
# 这部分创建了一个包含输入层和三个全连接层的模型
model = Model( inputs = inputs, outputs = predictions)
```

### 2. 核心模块

下面介绍 Keras 提供的核心模块。Keras 提供了许多内置的与神经网络相关的功能模块，

用户可以方便地调用模块创建 Keras 模型和 Keras 层，常用的核心模块有损失函数、优化器、激活函数等。

（1）损失函数

损失函数也称为目标函数或优化评分函数，如均方误差（Mean Squared Error，MSE）、平均绝对误差（Mean Absolute Error，MAE）、泊松（Poisson）等损失函数。损失函数是在模型编译的过程中设置的参数，示例代码如下：

```
model. compile(loss = 'mean_squared_error', optimizer = 'sgd')
```

（2）评估指标

评估指标用于评估当前训练模型的性能，常见的评估指标有准确率（Accuracy）、精确率（Precision）和召回率（Recall）等，评估指标也是编译模型时的一个重要参数。示例代码如下：

```
model. compile(loss = 'mean_squared_error',
               optimizer = 'sgd',
               metrics = ['mae', 'acc'])
```

（3）优化器

优化器即神经网络优化算法，或梯度下降算法。常见的优化器模块有 Adam、SGD 等。优化器可以通过改善训练方式，最小化损失值，不断优化模型。示例代码如下：

```
# 传入优化器名称：默认参数将被采用
model. compile(loss = 'mean_squared_error', optimizer = 'sgd')
```

（4）激活函数

激活函数是神经网络中的重要概念，它提供了许多激活函数类型，例如 softmax、relu 等。激活函数可以由单独的激活函数层构建，也可以在构造网络层的时候设置激活函数参数，比如可以在添加全连接层的时候设置激活函数参数，示例代码如下：

```
from keras. layers import Activation, Dense
model. add(Dense(64))
model. add(Activation('tanh'))
```

一般情况下，激活函数不作为单独的网络层，可以将激活函数作为全连接层的参数，以上代码实现方式等价于：

```
model. add(Dense(64, activation = 'tanh'))
```

（5）回调函数

回调函数（Keras. callback）模块是一个函数集合，用在模型训练阶段，可以查看训练模型的状态。在使用 fit( ) 或 fit_generator( ) 训练模型时，回调函数就是一个用来访问模型的状态与性能的函数，根据模型状态采取中断训练、保存模型等措施。Keras. callback 模块中包含许多内置的回调函数，其中包括：

1）keras. callback. ModelCheckPoint：在训练过程中的不同时间点，保存模型的当前权重。

2）keras. callback. EarlyStopping：如果验证集上的损失不再改善，则中断训练。

3）keras. callback. ReduceLROnPlateau：如果验证集上的损失不再改善，可以通过该回调函数降低学习率。

（6）数据集

Keras 的数据集模块中集成了许多常用的数据集，在做模型训练时，可以直接调用数据集，数据集介绍如下。

1）CIFAR-10 图像分类数据集：该数据集有 50 000 张像素大小为 32×32 的彩色训练图像数据，以及 10 000 张测试图像数据，一共包含 10 个类别的 RGB 彩色图片：飞机（airplane）、汽车（automobile）、鸟（bird）、猫（cat）、鹿（deer）、狗（dog）、青蛙（frog）、马（horse）、船（ship）和卡车（truck）。

数据集使用方法如下：

```
from keras. datasets import cifar10
(x_train, y_train),(x_test, y_test) = cifar10. load_data( )
```

其中，x_train、x_test 是 uint8 数组表示的 RGB 图像数据，数据维度为（num_samples, 3, 32, 32）或（num_samples, 32, 32, 3）。基于 image_data_format 后端的图像维度有两种写法，即通道维度在前或者在后，用 channels_first 或 channels_last 表示。y_train、y_test 是 uint8 数组表示的类别标签（范围在 0~9 之间的整数），维度为（num_samples）。

2）CIFAR-100 图像分类数据集：该数据集有 50 000 张像素大小为 32×32 的彩色训练图像数据，以及 10 000 张测试图像数据，总共分为 100 个类别。CIFAR-100 数据集的使用方法和 CIFAR-10 类似。

数据集使用方法如下：

```
from keras. datasets import cifar100
(x_train, y_train),(x_test, y_test) = cifar100. load_data(label_mode = 'fine')
```

其中，x_train、x_test 表示 uint8 数组表示的 RGB 图像数据，shape 为（num_samples, 3, 32, 32）或（num_samples, 32, 32, 3），基于 image_data_format 后端设定的 channels_first 或 channels_last。y_train、y_test 表示 uint8 数组表示的类别标签，shape 为（num_samples）。这里

的 label_mode 参数有'fine'或者'coarse'，分别表示分类标准比较严格或者宽泛。

3）IMDB 电影评论情感分类数据集：该数据集是来自 IMDB 的 25 000 条电影评论，标签为正面或负面情绪。数据集评论文本已经过预处理，并被编码为词索引的序列表示。为了方便起见，将词按数据集中出现的频率进行索引，例如，整数 3 是指数据中第三个频率最高的词。0 不代表特定的单词，而是被用于表示未知单词。

数据集使用方法如下：

```
from keras. datasets import imdb
(x_train, y_train),(x_test, y_test) = imdb. load_data(path = "imdb. npz", num_words =
None, skip_top =0, maxlen = None, seed = 113, start_char = 1, oov_char = 2, index_
from =3)
```

参数说明：

path：表示数据集存放的路径。如果本地路径中没有数据集，定义该参数后将自动下载数据集至 path 指定的路径中。

num_words：整数或 None，表示要考虑的最常用的词语，不太频繁的词将在序列数据中显示为 oov_char 值。

skip_top：整数，表示要忽略的最常见的单词。

maxlen：整数，表示最大序列长度，超出阈值的序列将被截断。

seed：整数，用于可重现数据混洗的种子。

start_char：整数，用这个字符标记序列的开始。设置为 1，因为 0 通常作为填充字符。

oov_char：整数，由于 num_words 或 skip_top 限制而被删除的单词将被替换为此字符。

index_from：整数，使用此数以上更高的索引值，实际索引从此参数开始。

4）路透社新闻主题分类数据集：该数据集来源于路透社的 11 228 条新闻文本，总共分为 46 个主题，与 IMDB 数据集一样，每条新闻都被编码为一个词索引的序列。

该文本数据集的用法和 IMDB 电影评论情感分类数据集类似。

数据集使用方法如下：

```
from keras. datasets import reuters
(x_train, y_train),(x_test, y_test) = reuters. load_data(path = "reuters. npz", num_
words = None, skip_top =0, maxlen = None, test_split =0. 2, seed = 113, start_char =
1, oov_char =2, index_from =3)
```

该数据集调用的参数与 IMDB 电影评论情感分类数据集一样。

5）MNIST 手写数字数据集：MNIST（Mixed National Institute of Standards and Technology）手写数字数据集是美国国家标准与技术研究院收集整理的大型手写数字数据库，包含

60 000 个示例的训练集以及10 000 个示例的测试集。图像为 28×28 像素的单通道灰色图像，总共包括 0~9 的 10 个类别标签。

数据集使用方法如下：

```
from keras. datasets import mnist
(x_train, y_train),(x_test, y_test) = mnist. load_data()
```

其中，x_train、x_test 是 uint8 数组表示的，尺寸为（num_samples，28，28）的灰度图像。y_train、y_test 是 uint8 数组表示的数字标签（范围在 0~9 之间的整数），维度为（num_samples）。参数 path 表示数据集路径，如果在本地没有该数据集，那么它将被下载到该 path 目录。

6）Fashion_MNIST 数据集：该数据集训练集为 60 000 张 28×28 像素灰度图像，测试集为 10 000 张同规格图像，总共 10 类时尚物品标签。该数据集可以用作 MNIST 手写数字数据集的升级版本。10 个类别标签见表 3-1。

表 3-1    Fashion_MNIST 数据集标签

| 序号 | 标签名称 | 中文名称 |
| --- | --- | --- |
| 0 | T-shirt/top | T 恤/上衣 |
| 1 | Trouser | 裤子 |
| 2 | Pullover | 套头衫 |
| 3 | Dress | 连衣裙 |
| 4 | Coat | 外套 |
| 5 | Sandal | 凉鞋 |
| 6 | Shirt | 衬衫 |
| 7 | Sneaker | 运动鞋 |
| 8 | Bag | 背包 |
| 9 | Ankle boot | 短靴 |

数据集使用方法如下：

```
from keras. datasets import fashion_mnist
(x_train, y_train),(x_test, y_test) = fashion_mnist. load_data()
```

其中，x_train、x_test 表示 uint8 数组表示的灰度图像，尺寸为（num_samples，28，28）。y_train、y_test 表示 uint8 数组表示的数字范围在 0 ~ 9 之间的整数标签，维度为（num_samples）。

7）Boston 房价回归数据集：该数据集来自卡内基梅隆大学维护的 StatLib 库。样本包含 20 世纪 70 年代的在波士顿郊区不同位置的房屋价格信息，总共有 13 种房屋属性。该数据集用以优化模型预测的目标值是一个位置的房屋的中值。数据集使用方法如下：

```
from keras. datasets import boston_housing
(x_train, y_train),(x_test, y_test) = boston_housing. load_data()
```

该数据集调用的参数与 IMDB 电影评论情感分类数据集一样。

### 3. Keras 网络层

Keras 模型中的每个层代表神经网络模型中的对应层，Keras 提供了许多预构建层，提高了构建复杂神经网络模型的效率。下面对几个重要的核心层的代码实现及参数进行介绍。

1）全连接（Dense）层：神经网络中最常用到的层，全连接层的每一个神经元都与上一层的所有神经元相连，用来把前边提取到的特征综合起来。实现对神经网络里的神经元激活。实现代码如下：

```
Dense(units, activation = 'relu', use_bias = True)
```

参数说明：

units：全连接层输出的维度，即下一层神经元的个数。

activation：激活函数，默认使用 relu。

use_bias：是否使用 bias 偏置项。

2）激活层：对上一层的输出应用激活函数。实现代码如下：

```
Activation(activation)
```

参数说明：

activation：激活函数的名称，如 relu、tanh、sigmoid 等。

3）Dropout 层：对上一层的神经元随机选取一定比例的失活，不更新参数，但是权重仍然保留，防止模型过拟合。实现代码如下：

```
Dropout(rate)
```

参数说明：

rate：失活的比例，为 0 ~ 1 之间的浮点数。

4）Flatten 层：将一个维度大于或等于 3 的高维矩阵"压扁"为一个二维矩阵。即保留第一个维度（如 batch 的个数），然后将剩下维度的值相乘为"压扁"矩阵的第二个维度。Flatten 层没有具体的参数，实现代码如下：

```
Flatten( )
```

5）Reshape 层：该层的作用和 numpy. reshape 一样，就是将输入的维度重构成特定的 shape。实现代码如下：

```
Reshape( target_shape)
```

参数说明：

target_shape：目标矩阵的维度，不包含 batch 样本数。

6）卷积层：卷积操作分为一维、二维、三维，分别为 Conv1D、Conv2D、Conv3D。一维卷积主要用于处理时间序列数据或文本数据，二维卷积通常用于处理图像数据。这三类的使用方法和参数基本相同，这里主要介绍用于处理图像数据的二维卷积。二维卷积实现代码如下：

```
Conv2D( filters, kernel_size, strides = (1, 1), padding = 'valid')
```

参数说明：

filters：滤波器的个数。

kernel_size：卷积核的大小。

strides：卷积操作的步长，二维中默认为 (1, 1)，一维默认为 1。

padding：补 0 策略，卷积核在进行卷积的时候，假设原图是 $3 \times 3$，卷积核为 $2 \times 2$，步长为 2，当向右滑动两步之后，valid 方式发现余下的窗口不到 $2 \times 2$ 所以直接将第三列舍弃，而 same 方式并不会把多出的一列丢弃，会填充一列 0。

7）池化层：与卷积层类似，池化层分为最大池化层和平均池化层，也分为一维池化、二维池化和三维池化三种，分别为 MaxPooling1D、MaxPooling2D、MaxPooling3D、Average-Pooling1D、AveragePooling2D、AveragePooling3D。

由于使用和参数基本相同，所以主要以 MaxPooling2D 进行说明。

```
MaxPooling( pool_size = (2,2), strides = None, padding = 'valid')
```

参数说明：

pool_size：表示池化核大小，池化核大小可以用数组或元组表示。

strides：和卷积步长类似，表示池化核的移动步长，默认和 pool_size 保持一致。

padding：和卷积层的 padding 参数类似。

8）循环层：循环神经网络中的 RNN、LSTM 和 GRU 基于循环层，所以该层参数同样适用于对应的 SimpleRNN、LSTM 和 GRU。

Recurrent( return_sequences = False)

参数说明：

return_sequences：控制返回的类型，"False" 返回输出序列的最后一个输出，"True" 则返回整个序列。当要搭建多层神经网络，如深层 LSTM 时，则需要将该参数设为 True。

9）嵌入层：该层只能用在模型的第一层，是将所有索引标号的稀疏矩阵映射到致密的低维矩阵。如对文本数据进行处理时，对每个词编号后，希望将词编号变成词向量就可以使用嵌入层。

Embedding( input_dim, output_dim, input_length)

参数说明：

input_dim：大于或等于 0 的整数，字典的长度即为输入数据的个数。

output_dim：输出的维度，如词向量的维度。

input_length：当输入序列的长度为固定长度时，该层后有 Flatten 层和 Dense 层，则必须指定该参数，否则 Dense 层无法自动推断输出序列的维度。

下面使用序列式方法构建神经网络模型，然后添加上面介绍的相应的网络层，代码如下：

```python
from keras. models import Sequential # 从 Keras 模型中导入顺序模型
from keras. layers import Dense, Activation, Dropout #导入全连接层、激活层和 Dropout 层
model = Sequential( )# 创建顺序模型
model. add( Dense(512, activation = 'relu', input_shape = (784,)))# 添加全连接层
model. add( Dropout(0. 2))# 添加 Dropout 层
model. add( Dense(512, activation = 'relu'))# 添加全连接层
model. add( Dropout(0. 2))# 添加 Dropout 层
model. add( Dense( num_classes, activation = 'softmax'))# 添加全连接层,激活函数
为 softmax
```

# 3.3　Keras 框架模型构建流程

本节介绍使用 Numpy 库生成随机数据，使用 Keras 框架创建、编译和训练网络模型。整个模型构建流程也适用于其他模型的构建。

## 1. 创建数据

下面使用 Numpy 库创建随机训练数据和验证数据，训练数据用来训练模型，验证数据用来验证模型的性能，实现代码如下：

```
import numpy as np
x_train = np. random. random((100,4,8))
y_train = np. random. random((100,10))
```

其中 x_train 是训练数据，y_train 是训练标签。

同理，可以创建随机验证数据：

```
x_val = np. random. random((100,4,8))
y_val = np. random. random((100,10))
```

其中 x_val 是验证数据，y_val 是验证标签。

## 2. 建立模型

使用顺序模型的方法，创建简单的模型：

```
from keras. models import Sequential
model = Sequential()
```

## 3. 添加网络层

使用 model. add() 方法给模型添加网络层：

```
from keras. layers import LSTM, Dense
model. add(LSTM(16, return_sequences = True))
model. add(Dense(10, activation = 'softmax'))
```

## 4. 编译模型

Keras 模型提供了一种 compile( ) 函数来编译模型。compile( ) 函数的参数和默认值如下：

```
compile(
    optimizer,
    loss = None,
    metrics = None,
    loss_weights = None,
    sample_weight_mode = None,
    weighted_metrics = None,
    target_tensors = None
)
```

编译函数的重要参数包括优化器、损失函数、评估指标等。

编译模型的示例代码如下：

```
from keras import losses
from keras import optimizers
from keras import metrics
model. compile(loss = 'mean_squared_error',
    optimizer = 'sgd', metrics = [metrics. categorical_accuracy])
```

这里，损失函数设置为 mean_squared_error，优化器设置为 sgd，评估指标设置为 metrics. categorical_accuracy。

## 5. 模型训练

模型训练是整个建模过程的重要步骤，模型的训练过程一般耗时较长，Keras 框架中使用 fit( ) 函数训练模型。该拟合函数的主要目的是得到性能良好的模型。函数语法如下：

```
model. fit(x_train, y_train, epochs = 5, batch_size = 32)
```

这里，x_train 和 y_train 表示训练数据；epochs 表示模型训练的代数；batch_size 表示训练数据一个批次的大小。

# 3.4 实战案例——基于多层感知器的 MNIST 手写数字识别

## 1. 案例目标

通过构建多层感知器网络模型，实现 MNIST 手写数字识别，掌握 Keras 框架模型构建流程。

## 2. 案例分析

本案例运用前面所学习的知识，使用 Keras 框架实现 MNIST 手写数字识别。本案例属于图像分类问题，使用的数据集为 Keras 库内置数据集。使用 keras. Sequential 模型创建三层的全连接神经网络图像分类器。在本案例中将学习以下内容：有效地加载数据集、数据集预处理、模型搭建、模型训练和评估等。

本案例遵循机器学习工作流程：

1）检查并了解数据；2）建立输入通道；3）建立模型；4）训练模型；5）测试模型；6）改进模型并重复该过程。

## 3. 环境配置

Windows 10

TensorFlow 2. 3. 0

Keras 2. 3. 1

## 4. 案例实施

（1）导入模块

首先导入数据集、优化器、网络层等必要的模块。

```
import keras

from keras. datasets import mnist

from keras. models import Sequential

from keras. layers import Dense , Dropout

from keras. optimizers import RMSprop

import numpy as np
```

（2）加载数据

导入 MNIST 数据集。

```
(x_train, y_train),(x_test, y_test) = mnist. load_data( )
```

（3）数据预处理

根据以上搭建的网络模型，更改数据集的 shape 和数组的数据类型，并对数据集进行归一化，以便将其输入到模型中。

```
x_train = x_train. reshape(60000, 784)
x_test = x_test. reshape(10000, 784)
x_train = x_train. astype('float32')
x_test = x_test. astype('float32')
x_train / = 255
x_test / = 255
# 将向量转换成二进制矩阵
y_train = keras. utils. to_categorical(y_train, 10)
y_test = keras. utils. to_categorical(y_test, 10)
```

（4）创建模型

使用 keras. Sequential 创建顺序模型。

```
model = Sequential( )
model. add(Dense(512, activation = 'relu', input_shape = (784,)))
model. add(Dropout(0. 2))
model. add(Dense(512, activation = 'relu'))
model. add(Dropout(0. 2))
model. add(Dense(10, activation = 'softmax'))
```

（5）编译模型

设置损失函数、优化器和评估指标编译模型。

```
model. compile(loss = 'categorical_crossentropy',
    optimizer = RMSprop( ),
    metrics = ['accuracy'])
```

（6）训练模型

使用 fit() 函数训练模型，训练过程设置训练代数和批量大小等参数。

```
history = model. fit(
    x_train, y_train,
    batch_size = 128,
    epochs = 20,
    verbose = 1,
    validation_data = (x_test, y_test)
)
```

（7）模型评估

下面介绍 Keras 中的模型评估和模型预测。首先了解模型评估，评估是在模型开发期间，检查模型是否最适合给定问题和相应数据的过程。Keras 模型提供了评估模型的功能。它有三个主要的参数：测试数据 x_test、测试标签 y_test、日志显示 verbose。verbose = 0 为不输出训练日志信息；verbose = 1 为输出训练日志信息；verbose = 2 为每个 epoch 输出一行记录。

下面使用测试集评估模型的性能。

```
score = model. evaluate(x_test, y_test, verbose = 0)
print('Test loss:', score[0])
print('Test accuracy:', score[1])
```

运行代码，输出模型评估结果如下：

```
Test loss: 0. 11895421147346497
Test accuracy: 0. 9839000105857849
```

由评估结果可知，模型准确率在 98% 左右。如果改进模型，还有进一步提高精度的空间。

（8）模型预测

模型预测是建模的最后一步，也是判断模型是否能达到预期的一步。Keras 提供了一种预测方法，预测方法如下：

```
model. predict(x, batch_size = None, verbose = 0, steps = None, callbacks = None, max_
queue_size = 10, workers = 1, use_multiprocessing = False)
```

其中，第一个参数为未知的输入数据，其余的参数都是可选的。

下面使用测试集中的图像，对训练好的模型进行预测。

```
# 调用预测函数,对测试数据进行预测
pred = model. predict( x_test)
# 获取测试数据前五张图像的预测结果
pred = np. argmax( pred, axis = 1)[ :5]
# 获取测试数据的前五个标签
label = np. argmax( y_test, axis = 1)[ :5]
# 打印预测标签和实际标签
print( pred)
print( label)
```

模型预测结果如图 3-1 所示。

```
313/313 [==============================] - 1s 2ms/step
[7 2 1 0 4]
[7 2 1 0 4]
```

图 3-1　模型预测结果

两个数组的输出相同，这表明模型预测值和标签相同，模型可以正确预测测试集的前五个图像。

# 3.5　实战案例——用 Keras 实现花朵图像分类

**1. 案例目标**

通过一个花朵图像分类案例，掌握深度学习框架 Keras 的基础应用。

**2. 案例分析**

本案例使用 Keras 框架实现对花朵图像的分类。使用 keras. Sequential 模型创建图像分类器，并使用 preprocessing. image_ dataset_ from_ directory 加载数据。在本案例中将学习以下内容：有效地加载数据集；认识过度拟合并对过拟合进行改进，比如数据增强和 Dropout 技术。

本案例遵循机器学习工作流程：

1）检查并了解数据；2）建立输入通道；3）建立模型；4）训练模型；5）测试模型；6）改进模型并重复该过程。

### 3. 环境配置

Windows 10

TensorFlow 2. 3. 0

Matplotlib 3. 3. 2

Keras 2. 3. 1

Pillow 7. 2. 0

### 4. 案例实施

本案例使用约3700张花朵照片的flowers数据集。数据集包含5个子目录，如下：

flower_photo/

    daisy/菊花/

    dandelion/蒲公英/

    roses/玫瑰/

    sunflowers/向日葵/

    tulips/郁金香/

1）导入TensorFlow、Keras和一些其他必要的库。

```
import matplotlib. pyplot as plt
import numpy as np
import os
import PIL
import tensorflow as tf
from tensorflow import keras
from tensorflow. keras import layers
from tensorflow. keras. models import Sequential
```

2）从指定网址下载数据集，并采用数据增强的方法扩充数据。

```
import pathlib
dataset_url = " https://storage. googleapis. com/download. tensorflow. org/example_images/
flower_photos. tgz"
data_dir = tf. keras. utils. get_file('flower_photos', origin = dataset_url, untar = True)
data_dir = pathlib. Path( data_dir)
```

3）展示数据集。下载完数据集后，可以查看数据集图片的数量，并且查看数据集中的图片。

```
image_count = len(list(data_dir. glob('*/*. jpg')))
print(image_count)
```

执行以上程序，输出数据集的图片数量：3670。

```
roses = list(data_dir. glob('roses/*'))
PIL. Image. open(str(roses[0]))
```

展示玫瑰图片，如图 3-2 和图 3-3 所示。

图 3-2　玫瑰图片示例 1

```
PIL. Image. open(str(roses[1]))
```

图 3-3　玫瑰图片示例 2

展示郁金香图片，如图 3-4 所示。

```
tulips = list(data_dir. glob('tulips/*'))
PIL. Image. open(str(tulips[0]))
```

**图 3-4 郁金香图片示例**

4）数据集分割。用 keras. preprocessing 库加载数据集，用 image_dataset_from_directory 实用程序从磁盘上加载这些图像。定义加载程序的参数：

```
batch_size = 32
img_height = 180
img_width = 180
```

在模型开发时，要将数据集进行分割，将80%的图像用于训练模型，将20%的图像用于验证模型。代码如下：

```
train_ds = tf. keras. preprocessing. image_dataset_from_directory(
 data_dir,
 validation_split = 0. 2,
 subset = "training",
 seed = 123,
 image_size = (img_height, img_width),
 batch_size = batch_size)

val_ds = tf. keras. preprocessing. image_dataset_from_directory(
 data_dir,
 validation_split = 0. 2,
 subset = "validation",
 seed = 123,
 image_size = (img_height, img_width),
 batch_size = batch_size)
```

数据集的 class_names 属性是图像的类名称，可以在这些数据集的 class_names 属性中找到类名称。

```
class_names = train_ds. class_names
print( class_names)
```

数据集类名称如下：

```
['daisy', 'dandelion', 'roses', 'sunflowers', 'tulips']
```

5）可视化数据。可视化数据是数据预处理的重要一步，可以通过展示训练集或测试集中的图像，这里展示训练集中的 9 张图像。

```
import matplotlib. pyplot as plt

plt. figure( figsize = (10, 10))
for images, labels in train_ds. take(1):
  for i in range(9):
  ax = plt. subplot(3, 3, i +1)
  plt. imshow(images[i]. numpy(). astype("uint8"))
  plt. title(class_names[labels[i]])
  plt. axis("off")
```

展示结果如图 3-5 所示。

图 3-5　训练集图像展示

下面打印数据集的图片和标签的形状。

```
for image_batch, labels_batch in train_ds:
  print(image_batch. shape)
  print(labels_batch. shape)
  break
```

输出如下：

```
(32,180,180,3)
(32,)
```

由输出结果可知 image_batch 的形状为（32，180，180，3）的张量，表示这是一批包含 32 张形状为 $180 \times 180 \times 3$ 的图像，$180 \times 180$ 表示图像的像素大小，3 是指色彩通道 RGB。label_batch 是形状为（32，）的张量，即 32 张图像所对应的标签。

```
AUTOTUNE = tf. data. experimental. AUTOTUNE
train_ds = train_ds. cache( ). shuffle(1000). prefetch(buffer_size = AUTOTUNE)
val_ds = val_ds. cache( ). prefetch(buffer_size = AUTOTUNE)
```

6）数据集归一化。RGB 通道的像素值在［0，255］范围内，这对于训练神经网络而言并不理想。通常，在训练网络时，应该减小像素值的范围。这里使用归一化方法，将像素值缩放到［0，1］的范围内，以便于网络训练。

```
normalization_layer = layers. experimental. preprocessing. Rescaling(1. /255)
normalized_ds = train_ds. map(lambda x, y:(normalization_layer(x), y))
image_batch, labels_batch = next(iter(normalized_ds))
first_image = image_batch[0]
# Notice the pixels values are now in'[0,1]'.
print(np. min(first_image), np. max(first_image))
```

7）构建模型。这里使用 keras. Sequential 模型构建一个卷积神经网络模型。

```
num_classes = 5
model = Sequential([
layers. experimental. preprocessing. Rescaling(1. /255, input_shape = (img_height, img_
width, 3)),
layers. Conv2D(16, 3, padding = 'same', activation = 'relu'),
layers. MaxPooling2D( ),
```

```
layers. Conv2D(32, 3, padding = 'same', activation = 'relu'),
layers. MaxPooling2D(),
layers. Conv2D(64, 3, padding = 'same', activation = 'relu'),
layers. MaxPooling2D(),
layers. Flatten(),
layers. Dense(128, activation = 'relu'),
layers. Dense(num_classes)
])
```

该模型由三个卷积层组成，每个卷积层之后接一个最大池化层。三层卷积之后，接一个全连接层，全连接层有 128 个滤波器，输出长度为 128 的特征向量，并通过 relu 激活函数激活。该模型是一个简单的模型，其准确率有改进的空间。

8）编译模型。编译模型是指设置优化器、损失函数和评估指标。在本案例中，使用 Adam 优化器和 SparseCategoricalCrossentropy 损失函数。设置评估指标参数为 accuracy，该指标可以查看每个训练时期的训练和验证的准确率。

```
model. compile(optimizer = 'adam',
    loss = tf. keras. losses. SparseCategoricalCrossentropy(from_logits = True),
    metrics = ['accuracy'])
```

9）模型概括。通过 model. summary()函数，可以打印出构建的模型的详细参数。

```
model. summary()
```

10）模型训练。通过 model. fit()函数训练模型，并将训练数据保存在 history 对象中，其参数有训练数据和验证数据，设置验证数据参数时，能够每训练一代进行一次模型验证。

```
epochs = 10
history = model. fit(
 train_ds,
 validation_data = val_ds,
 epochs = epochs
)
```

11）可视化训练过程。通过 Matplotlib 调用 history 对象中的数据进行可视化，在训练和验证集上创建准确率和损失的变化曲线，如图 3-6 所示。

```
acc = history. history['accuracy']
val_acc = history. history['val_accuracy']

loss = history. history['loss']
val_loss = history. history['val_loss']

epochs_range = range(epochs)
plt. figure(figsize = (8, 8))
plt. subplot(1, 2, 1)
plt. plot(epochs_range, acc, label = 'Training Accuracy')
plt. plot(epochs_range, val_acc, label = 'Validation Accuracy')
plt. legend(loc = 'lower right')
plt. title('Training and Validation Accuracy')

plt. subplot(1, 2, 2)
plt. plot(epochs_range, loss, label = 'Training Loss')
plt. plot(epochs_range, val_loss, label = 'Validation Loss')
plt. legend(loc = 'upper right')
plt. title('Training and Validation Loss')
plt. show()
```

输出训练集和验证集上的准确率变化和损失变化曲线，如图 3-6 所示。

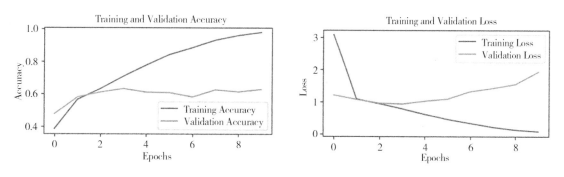

**图 3-6　准确率变化和损失变化曲线**

从图 3-6 中可以看出，训练精度和验证准确率相差很大，模型仅在验证集上获得了约 60% 的准确率。

12）数据增强。在图 3-6 中，训练准确率随时间呈线性增长，而验证准确率在训练过程中停滞在 60% 左右。同样，训练和验证之间的损失差异也很明显，这是过拟合的明显标志。

训练样本较少是模型产生过拟合的原因之一，当训练样本数量较少时，模型有时会从训练样本中的噪声数据或不必要的细节中学习到特征，以至于产生模型在新样本上的负面影响，这种现象称为过拟合。这也意味着该模型很难推广到新的数据集，模型的泛化性有待提高。

数据增强是通过对现有数据，采用随机旋转、缩放、翻转等方法对现有样本进行变换，以生成其他训练数据，对现有的训练数据进行扩充。这有助于提高模型的泛化能力，并且可以使模型更好地应用于新数据。

这里使用 Keras 预处理层实现数据增强。这些预处理层可以像其他网络层一样嵌入在模型中：

```
data_augmentation = keras. Sequential([
    layers. experimental. preprocessing. RandomFlip("horizontal", input_shape = (img_
height, img_width, 3)),
        layers. experimental. preprocessing. RandomRotation(0. 1),
        layers. experimental. preprocessing. RandomZoom(0. 1),
])
```

通过数据增强可以扩充数据集，图 3-7 为经过旋转变换而生成的其他数据增强图像。

图 3-7　数据增强图像

13）Dropout。Dropout是通过遍历神经网络每一层的节点，然后通过对该层的神经网络设置一个keep_prob（节点保留概率），即该层的节点有keep_prob的概率被保留，keep_prob的取值范围在0到1之间。通过设置神经网络中该层节点的保留概率，使得神经网络不会去偏向于某一个节点（因为该节点有可能被删除），从而使得每一个节点的权重不会过大，来减轻神经网络的过拟合。

下面使用layers.Dropout创建一个新的神经网络，然后使用增强后的图像对其进行训练。

```
model = Sequential([
data_augmentation,
layers.experimental.preprocessing.Rescaling(1./255),
layers.Conv2D(16, 3, padding = 'same', activation = 'relu'),
layers.MaxPooling2D(),
layers.Conv2D(32, 3, padding = 'same', activation = 'relu'),
layers.MaxPooling2D(),
layers.Conv2D(64, 3, padding = 'same', activation = 'relu'),
layers.MaxPooling2D(),
layers.Dropout(0.2),
layers.Flatten(),
layers.Dense(128, activation = 'relu'),
layers.Dense(num_classes)
])
```

14）模型编译。在本案例中，使用Adam优化器和SparseCategoricalCrossentropy损失函数。设置metrics参数，查看每个训练时期的训练和验证的准确性。

```
model.compile(optimizer = 'adam',
    loss = tf.keras.losses.SparseCategoricalCrossentropy(from_logits = True),
    metrics = ['accuracy'])
```

15）模型概括。通过model.summary()函数，打印出已构建的模型的详细参数。

```
model.summary()
```

16）模型训练。

```
epochs = 10
history = model. fit(
  train_ds,
  validation_data = val_ds,
  epochs = epochs
)
```

17）可视化训练过程。通过可视化，在训练和验证集上创建损失和准确率的变化曲线图。

```
acc = history. history['accuracy']
val_acc = history. history['val_accuracy']
loss = history. history['loss']
val_loss = history. history['val_loss']
epochs_range = range(epochs)

plt. figure(figsize = (8, 8))
plt. subplot(1, 2, 1)
plt. plot(epochs_range, acc, label = 'Training Accuracy')
plt. plot(epochs_range, val_acc, label = 'Validation Accuracy')
plt. legend(loc = 'lower right')
plt. title('Training and Validation Accuracy')

plt. subplot(1, 2, 2)
plt. plot(epochs_range, loss, label = 'Training Loss')
plt. plot(epochs_range, val_loss, label = 'Validation Loss')
plt. legend(loc = 'upper right')
plt. title('Training and Validation Loss')
plt. show()
```

输出训练集和验证集上的准确率变化和损失变化曲线，如图 3-8 所示。

通过下面的图像可以看出，经过改进后的模型的过拟合现象得到了很好的改善，因此数据增强技术和 Dropout 技术在解决过拟合问题时是很有效的。

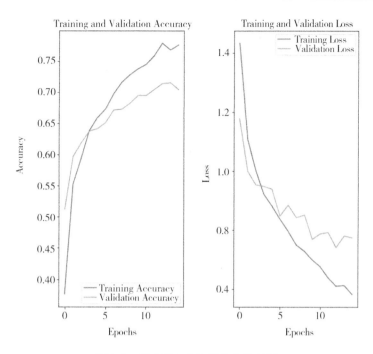

**图3-8 准确率变化和损失变化曲线**

18）模型预测。最后，使用模型对新的图像进行分类，以此测试模型的效果。

```
sunflower_url = "https://storage.googleapis.com/download.tensorflow.org/example_
images/592px-Red_sunflower.jpg"
sunflower_path = tf.keras.utils.get_file('Red_sunflower', origin = sunflower_url)

img = keras.preprocessing.image.load_img(
    sunflower_path, target_size = (img_height, img_width)
)
img_array = keras.preprocessing.image.img_to_array(img)
img_array = tf.expand_dims(img_array, 0) # Create a batch

predictions = model.predict(img_array)
score = tf.nn.softmax(predictions[0])

print(
    "This image most likely belongs to {} with a {:.2f} percent confidence. "
    .format(class_names[np.argmax(score)], 100 * np.max(score))
)
```

测试结果如图3-9所示。

```
Downloading data from
https://storage.googleapis.com/download.tensorflow.org/example_images
/592px-Red_sunflower.jpg
    122880/117948 [==============================] - 0s 0us/step
    This image most likely belongs to sunflowers with a 99.45 percent
confidence.
```

**图3-9    测试结果**

由图3-9可以看到，模型在新的测试集上的准确率可以达到99.45%，改进之后的模型性能有了很大的提升。

# 单元小结

本单元主要介绍了 TensorFlow 框架的高级 API 框架 Keras，包括 Keras 框架的概述、特点、体系结构等，其中体系结构是本单元内容的核心，主要介绍 Keras 的核心模块、网络层、激活函数等。本书使用 Keras 框架的建模会经常使用到这些封装模块。另外介绍了 Keras 的建模流程，并通过花朵图像分类案例，完成了建模流程实践操作，为后续进一步学习打下基础。

# 课后习题

## 一、填空题

1. Keras 运用了各种优化技术使神经网络 API 调用变得轻松高效。Keras 框架具有以下功能特点：_____、_____、_____和_____。

2. Keras 提供了_____、_____和_____三种定义模型的 API。

3. Keras 常用的核心模块有_____、_____、_____和_____。

4. 损失函数也称为_____或优化评分函数，诸如均方误差、平均绝对误差，泊松等损失函数。

5. 评估指标用于评估当前训练模型的性能，常见的评估指标有_____、_____和_____等。

6. Keras 提供了许多内置的与神经网络相关的功能模块，常用的核心模块有_____、_____和_____。

7. Keras 模型中的每个层代表神经网络模型中的对应层，Keras 提供了许多预构建层，如_____、_____、_____和_____。

8. 卷积操作分为_____、_____和_____，分别为 Conv1D、Conv2D、Conv3D。

二、单选题

1. 卷积操作能够处理的数据，不包括以下哪一种（　　　）。

A. 一维　　　　　　　　　　　　B. 二维

C. 三维　　　　　　　　　　　　D. 四维

2. Keras 框架建模流程不包含（　　　）。

A. 分词处理　　　　　　　　　　B. 数据预处理

C. 建立模型　　　　　　　　　　D. 编译模型

3. 下列哪一项不属于 Keras 的核心模块（　　　）。

A. 激活函数　　　　　　　　　　B. 损失函数

C. 滤波器　　　　　　　　　　　D. 正则化器

4. 下列选项不属于深度学习框架的是（　　　）。

A. TensorFlow　　　　　　　　　B. MXNet

C. Torch　　　　　　　　　　　　D. Numpy

三、判断题

1. Keras 是基于 Python 语言的开源深度学习框架，由 Google 研究团队开发。　　（　　　）

2. Keras 只提供了序列式、函数式两种定义模型的 API 接口。　　（　　　）

3. Keras 常用的核心模块有激活函数、损失函数、优化器和正则化器。　　（　　　）

4. 评估指标用于评估当前训练模型的性能，常见的评估指标有准确率、精确率和召回率。

（　　　）

5. 优化器，也称神经网络优化算法或梯度下降算法。常见的优化器模块有 Adam、SGD。

（　　　）

四、简答题

1. 列举 Keras 的核心模块，并简述 Keras 的特点。

2. 简述 Keras 创建模型的流程。

五、操作题

1. 使用 Keras 框架实现基于多层感知机的 MNIST 手写数字识别。

2. 使用 Keras 框架完成自己感兴趣的一个图像分类案例。

# Unit 4

# 神经网络

## 单元概述

神经网络（Neural Network）是深度学习的开端，卷积神经网络（CNN）、循环神经网络（RNN）、长短时记忆网络（LSTM）等各种神经网络都是基于全连接神经网络而提出的，最基础的原理都是反向传播。目前众多的高性能神经网络，都是基于全卷积神经网络发展而来的。掌握好全卷积神经网络的基本知识和原理，才能更为轻松地学习接下来的各种神经网络。本单元从介绍感知器开始入手，首先介绍基础理论，然后给出基于 TensorFlow 深度学习框架的项目实践案例，理论与实践相结合，更为深入地理解全连接神经网络。

## 学习目标

知识目标
- 熟悉生物神经网络和人工神经网络。
- 掌握全连接神经网络的原理和搭建方法。
- 掌握卷积神经网络的原理和搭建方法。
- 掌握感知器的基本原理和实现方法。
- 掌握使用神经网络实现相关项目案例。

能力目标
- 能够独立使用 Keras 框架搭建神经网络模型。
- 能够独立完成神经网络模型的训练、测试、验证。

素质目标
- 培养学生自主学习能力和自主探究精神。
- 培养学生理论联系实际的能力。

## 4.1　人工神经网络

随着神经科学和认知科学的不断进步，科学家们对人类大脑神经系统的认知更为清晰，早期的神经科学家构造了一种模仿人脑神经系统的数学模型，称为人工神经网络（Artificial Neural Network，ANN），简称神经网络。在机器学习领域，神经网络是指由很多人工神经元构成的网络结构模型。

## 1. 生物神经网络

人类大脑由神经元、神经胶质细胞、神经干细胞和血管组成。其中，神经元也叫作神经细胞，是人脑神经系统中最基本的组成单元。人脑神经系统是一个非常复杂的组织，包含近 860 亿个神经元，每个神经元有上千突触和其他神经元相连接。早在 1904 年，生物学家就已经发现了神经元的结构。生物神经元的典型结构如图 4-1 所示。

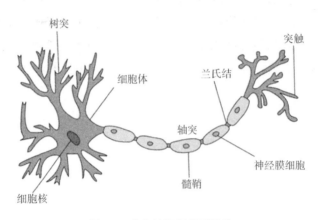

**图 4-1　生物神经元典型结构**

一个人的智力一部分由遗传因素决定，另外一部分来自于生活环境、经验和学习。人的智力的培养过程也就是人脑神经网络的学习过程，因此生物神经网络是一个具有学习能力的系统。在生物神经网络中，不同神经元突触连接有强弱之分，其强度是可以通过学习来不断改变的，神经元之间不同的连接形成了不同的记忆网络，统称为生物神经网络（Biological Neural Network，BNN）。

## 2. 人工神经网络

人工神经网络不是一个新概念。直到 2011 年，深度神经网络因大规模数据集和计算机强大的计算能力而广受欢迎，神经网络一词开始逐渐进入广大研究者的视野。

人工神经元模型是受生物神经元模型的启发，是对生物神经元模型抽象、简化而形成的一种数学计算结构，是人工神经网络中的基本处理单元。人工神经元模型包括多个输入信号，这些输入类似于生物神经元中的神经递质，多个输入信号经过加权求和，将计算结果输入到一个数学函数，最终通过计算决定是否激发神经元。人工神经网络把这些人工神经元融合在一起用于处理信息，构成人工神经网络，简称为神经网络。如无特别说明，本书提到的神经网络均为人工神经网络。

如图 4-2 是人工神经元结构，输入信号来自于其他神经元的输出，连接权重相当于生物神经元的突触强度，是可以训练的参数。输入数据经过加权求和然后经过激活函数的线性变换，得到神经元的输出。激活函数具有阈值参数，当输入信号大于设定的阈值时，神经元就会被激活且接收到的输入信号就会传递下去，否则该神经元被抑制。

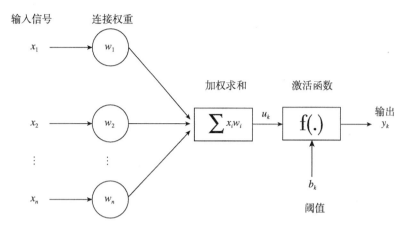

图 4-2　人工神经元结构

# 4.2　感知器

感知器（Perceptron）是人工神经网络的典型结构，是由美国学者 Frank Rosenblatt 于 1957 年提出来的简单神经网络，对神经网络的发展起着重要的推动作用。感知器是神经网络的起源算法，学习感知器的构造是神经网络和深度学习的基础。感知器的结构如图 4-3 所示。

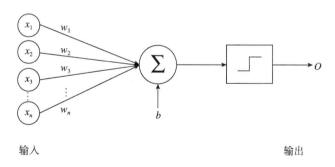

图 4-3　感知器的结构

感知器包括输入层和输出层，输入是一个一维的向量 $X = [x_1, x_2, \cdots, x_n]$，每个输入节点有一个权值 $w_i$，另外还有一个偏置 $b$，感知器的净活性值：

$$z = w_1 x_1 + w_2 x_2 + \cdots + w_n x_n + b$$

其中，$b$ 称为感知器的偏置；$[w_1, w_2, \cdots, w_n]$ 称为感知器的权重 $W(\text{weight})$；$z$ 称为净活性值。

感知机是线性模型，不能处理线性不可分问题。因此净活性值需要经过激活函数（Activation Function）的作用得到活性值。激活函数一般是阶跃函数或者符号函数。添加激活函数后，感知器可以用来解决二分类任务。

# 4.3　全连接神经网络

### 1. 全连接神经网络原理

全连接神经网络是深度学习的开端，是最基本的神经网络，网络参数多、计算量大，全连接即为除输入层之外的每个神经元都和上一层所有的神经元有连接，如图4-4所示。

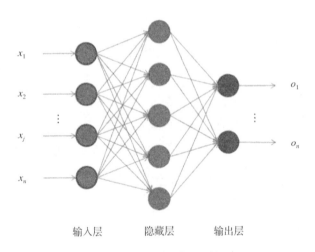

**图4-4　全连接神经网络**

输入层：输入层各神经元负责接收来自外界的输入信息，并传递给隐藏层。

隐藏层：隐藏层负责内部信息处理和信息变化。隐藏层可以设计为单隐层和多隐层，最后一个隐藏层将信息传递到输出层上，经过计算，完成一次正向传播的过程。这种信息流向从前到后，并且无反馈的神经网络称为前馈神经网络，本书提到的神经网络均为前馈神经网络。

输出层：输出层向外界传输处理结果。

输出层神经元的计算过程如下：

$$O = f(wx + b)$$

这里的 $f()$ 表示激活函数，目的是将输出值的值域压缩到（0，1），激活函数起到了归一化的作用。将值归一化能够避免某个值过大或过小，提高网络的训练效果。

## 2. 全连接神经网络的反向传播

反向传播神经网络是一种按照误差逆向传播算法训练的多层前馈神经网络，是目前应用最广泛的神经网络之一。比如著名的多层感知器 BP 神经网络，就是一个反向传播神经网络。BP 算法的基本思想是梯度下降法，利用梯度搜索技术，以期网络的实际输出值和期望输出值的误差均方差为最小。全连接神经网络的反向传播如图 4-5 所示。

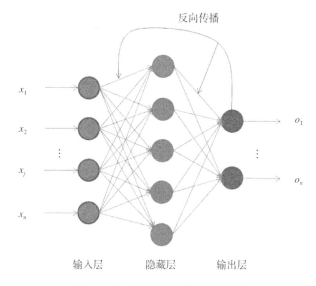

**图 4-5　全连接神经网络的反向传播**

神经网络的训练是有监督的学习，也就是输入 $X$ 有着与之对应的真实值 $Y$，神经网络的输出 $Y$ 与真实值 $Y$ 之间的损失就是网络反向传播的东西。整个网络的训练过程就是不断缩小损失的过程。通过反向传播调整误差，是误差沿着梯度的方向下降，经过反复的训练，确定网络参数，停止训练。

# 4.4　激活函数

## 1. 激活函数介绍

激活函数在前面也提到过，神经网络的神经元中，输入数据通过加权求和后还被作用了一个函数，这个函数就是激活函数。

神经网络中激活函数的主要作用是提供网络的非线性建模能力，如不特别说明，激活函数一般而言是非线性函数。假设一个示例神经网络中仅包含线性卷积和全连接运算，那么该网络仅能够表达线性映射，即便增加网络的深度也仍是线性映射，难以有效建模实际环境中非线性分布的数据。加入（非线性）激活函数之后，深度神经网络才具备了分层的非线性映射学习能力。

**2. 激活函数的性质**

1）非线性：如果不用激活函数，每一层输出都是上层输入的线性函数，无论神经网络有多少层，输出都是输入的线性组合。如果使用，则激活函数给神经元引入了非线性因素，使得神经网络可以任意逼近任何非线性函数，这样神经网络就可以应用到众多的非线性模型中。当激活函数是非线性的时候，一个两层的神经网络就可以逼近所有的函数了。但是，如果激活函数是恒等激活函数[即 $f(x) = x$]，就不满足这个性质了，而且如果 MLP 使用的是恒等激活函数，那么其实整个网络跟单层神经网络是等价的。

2）可微性：当优化方法是基于梯度的时候，这个性质是必需的。

3）单调性：当激活函数是单调的时候，单层网络能够保证是凸函数。

4）$f(x) \approx x$：当激活函数满足这个性质的时候，如果参数的初始化是随机取的很小的值，那么神经网络的训练将会很高效；如果不满足这个性质，那么就需要很用心地去设置初始值。

5）输出值的范围：当激活函数输出值有限时，基于梯度的优化方法会更加稳定，因为特征的表示受有限权值的影响更显著；当激活函数的输出无限时，模型的训练会更加高效，不过在这种情况下，一般需要更小的学习率。

**3. 常见的激活函数**

（1）Sigmoid

Sigmoid 函数也叫作 Logistic 函数，表达式为：

$$\text{Sigmoid}(x) = \frac{1}{1 + e^{-x}}$$

函数曲线如图 4-6 所示。

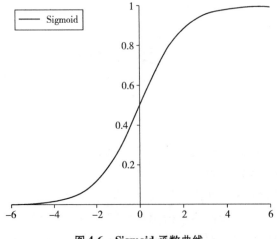

**图 4-6　Sigmoid 函数曲线**

优点：Sigmoid 的一个优良特性就是能够把 $x \in \mathbf{R}$ 的输入"压缩"到 $x \in [0,1]$ 区间，这个区间的数值在机器学习中常用来表示以下意义：

1）概率分布，$[0,1]$ 区间的输出和概率的分布范围契合，可以通过 Sigmoid 函数将输出转译为概率输出。

2）信号强度，一般可以将 $0 \sim 1$ 理解为某种信号的强度，如像素的颜色强度，1 代表当前通道颜色最强，0 代表当前通道无颜色；或代表门控值（Gate）的强度，1 代表当前门控全部开放，0 代表门控关闭。

3）Sigmoid 函数连续可导，相对于阶跃函数，可以直接利用梯度下降算法优化网络参数，应用非常广泛。

不足：在输入值较大或较小时，易出现梯度值接近于 0 的现象，称为梯度弥散现象，网络参数长时间得不到更新，很难训练较深层次的网络模型。

实现：在 TensorFlow 中，可以通过 tf. nn. sigmoid 实现 Sigmoid 函数。

（2）ReLU

ReLU（Rectified Linear Unit）称为修正线性单元，是针对 Sigmoid 函数的不足而进行的改进。2012 年提出的 8 层网络 AlexNet 首次采用了 ReLU 作为激活函数，使得网络参数达到了 8 层。ReLU 的表达式为：

$$\mathrm{ReLU}(x) = \max(0, x)$$

函数曲线如图 4-7 所示。

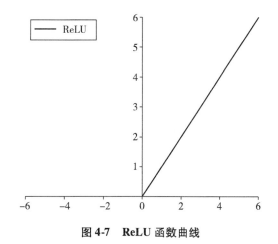

图 4-7  ReLU 函数曲线

可以看到其对于小于 0 的值全部抑制为 0，对于正数则直接输出，这种单边抑制来源于生物学。

优点：ReLU 函数的设计源自神经科学，计算十分简单，同时有着优良的梯度特性，在大量的深度学习应用中被验证为非常有效，是应用最广泛的激活函数之一。

不足：ReLU 函数在 $x < 0$ 时梯度值恒为 0，也可能会造成梯度弥散现象。

实现：在 TensorFlow 中，可以通过 tf. nn. relu 实现 ReLU 函数。

（3） LeakyReLU

ReLU 函数在 $x < 0$ 时梯度值恒为 0，也可能会造成梯度弥散现象，为了克服这个问题，LeakyReLU 函数被提出，LeakyReLU 表达式为：

$$\text{LeakyReLU}(x) = \begin{cases} x & x \geqslant 0 \\ p * x & x < 0 \end{cases}$$

其中，$p$ 为用户自行设置的某较小数值的超参数，如 0.02 等。当 $p = 0$ 时，LeakyReLU 函数退化为 ReLU 函数；当 $p \neq 0$ 时，$x < 0$ 能够获得较小的梯度值 $p$，从而避免出现梯度弥散现象。

函数曲线如图 4-8 所示。

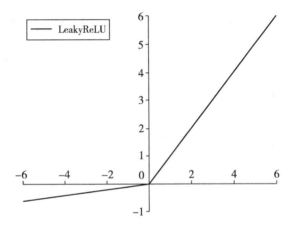

图4-8　LeakyReLU 函数曲线

实现：在 TensorFlow 中，可以通过 tf. nn. leaky_relu 实现 LeakyReLU 函数。

（4） tanh

tanh 函数能够将 $x \in \mathbf{R}$ 的输入"压缩"到 $[-1, 1]$ 区间，表达式为：

$$\tanh(x) = \frac{e^x - e^{-x}}{e^x + e^{-x}} = 2 * \text{Sigmoid}(2x) - 1$$

可以看到 tanh 激活函数可通过 Sigmoid 函数缩放平移后实现，函数曲线如图 4-9 所示。

实现：在 TensorFlow 中可以通过 tf. nn. tanh 实现 tanh 函数。

（5） Softmax

将输出值映射到 [0, 1] 区间，且满足所有的输出值之和为 1 的特性，适用于多分类问题，表示每个类别的概率。表达式为：

$$\text{Softmax}(z_i) = \frac{e^{z_i}}{\sum_j e^{z_j}}$$

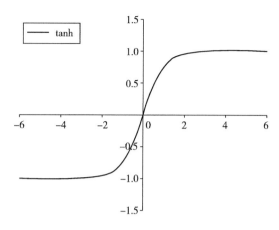

图 4-9　tanh 函数曲线

不足：容易因输入值偏大发生数值溢出现象。

实现：在 TensorFlow 中，可以通过 tf. nn. softmax 实现 Softmax 函数。

# 4.5　实战案例——基于全连接神经网络的 MNIST 手写数字识别

### 1. 案例目标

本案例通过一个经典的手写数字识别案例，来学习全连接神经网络的构建方法。

### 2. 案例分析

本案例基于 TensorFlow 2.0 框架搭建一个全连接神经网络，实现经典的 MNIST 手写数字识别项目。

### 3. 环境配置

Windows 10
TensorFlow 2. 3. 0
Keras 2. 3. 1

### 4. 案例实施

以下是代码实现部分。

（1）导入库

```
import tensorflow as tf
```

（2）加载数据集

```
mnist = tf. keras. datasets. mnist
(x_train, y_train),(x_test, y_test) = mnist. load_data()
x_train, x_test = x_train / 255. 0, x_test / 255. 0
```

（3）构建网络

```
model = tf. keras. Sequential([ # 3 个非线性层的嵌套模型
    tf. keras. layers. Flatten(input_shape = (28, 28)),# 将多维数据压平
    tf. keras. layers. Dense(784, activation = 'relu'),
    tf. keras. layers. Dense(128, activation = 'relu'),
    tf. keras. layers. Dense(10, activation = 'softmax')# softmax 分类
])
#打印模型
model. summary()
```

打印出模型摘要如图 4-10 所示。

```
Model: "sequential_18"

Layer (type)              Output Shape            Param #
=================================================================
flatten_18 (Flatten)      (None, 784)             0

dense_54 (Dense)          (None, 784)             615440

dense_55 (Dense)          (None, 128)             100480

dense_56 (Dense)          (None, 10)              1290
=================================================================
Total params: 717,210
Trainable params: 717,210
Non-trainable params: 0
```

图 4-10　模型摘要

（4）模型编译与训练

```
model. compile(optimizer = 'adam',# 优化器
        loss = 'sparse_categorical_crossentropy',# 交叉熵损失函数
        metrics = ['accuracy'])# 标签
#训练模型
model. fit(x_train, y_train, epochs = 10, verbose = 1)# verbose 为 1 表示显示训练过程
```

执行训练，输出训练过程如图 4-11 所示。

```
Epoch 1/10
1875/1875 [==============================] - 4s 2ms/step - loss: 0.1855 - accuracy: 0.9439
Epoch 2/10
1875/1875 [==============================] - 4s 2ms/step - loss: 0.0785 - accuracy: 0.9755
Epoch 3/10
1875/1875 [==============================] - 4s 2ms/step - loss: 0.0540 - accuracy: 0.9824
Epoch 4/10
1875/1875 [==============================] - 4s 2ms/step - loss: 0.0404 - accuracy: 0.9871
Epoch 5/10
1875/1875 [==============================] - 4s 2ms/step - loss: 0.0310 - accuracy: 0.9894
Epoch 6/10
1875/1875 [==============================] - 4s 2ms/step - loss: 0.0267 - accuracy: 0.9912
Epoch 7/10
1875/1875 [==============================] - 4s 2ms/step - loss: 0.0228 - accuracy: 0.9930
Epoch 8/10
1875/1875 [==============================] - 4s 2ms/step - loss: 0.0191 - accuracy: 0.9936
Epoch 9/10
1875/1875 [==============================] - 4s 2ms/step - loss: 0.0174 - accuracy: 0.9942
Epoch 10/10
1875/1875 [==============================] - 4s 2ms/step - loss: 0.0182 - accuracy: 0.9941
```

**图 4-11　模型训练过程**

（5）测试模型

```
val_loss, val_acc = model.evaluate(x_test, y_test)
```

model.evaluate()返回计算的损失和准确率，运行代码，模型评估结果如下：

$$313/313[ = = = = = = = = = =] - 1s\ 2ms/step - loss: 0.0928 - accuracy: 0.9798$$
$$[0.0928499773144722, 0.9797999858856201]$$

通过模型评估结果可以看出，模型在测试集上的准确率接近 0.98。

# 4.6　卷积和卷积神经网络

卷积神经网络（Convolution Nerual Network，CNN）是一种前馈神经网络，擅长大型图像处理。卷积神经网络本质为一个多层的感知机，与全连接神经网络不同的是，卷积神经网络采用了局部连接和权值共享的方式，降低了计算量和过拟合的风险。图像可以直接做卷积神经网络的输入，避免了复杂的特征提取和数据重建过程。卷积神经网络最主要的功能就是特征提取和降维，能够自动抽取图像的特征，比如颜色、纹理和形状等特征。本节就围绕卷积神经网络进行学习，首先学习卷积神经网络的一些基础知识，然后介绍卷积神经网络的发展过程和出现的著名算法，最后使用卷积神经网络实现一些图像处理的任务。

## 1. 卷积的定义

卷积（Convolution）也叫褶积，是分析数学中一种重要的运算。在信号处理或图像处理中，经常使用一维或二维卷积。

一维卷积经常用在信号处理中，用于计算信号的延迟累积。假设一个信号发生器每个 $t$ 时刻产生一个信号 $x_t$，其信息的衰减率为 $w_k$。假设 $w_1 = 1$，$w_2 = 1/2$，$w_3 = 1/4$，那么在 $t$ 时刻收到的信号 $y_t$ 为当前时刻产生的信息和之前时刻延迟信息的叠加：

$$y_t = 1 \times x_t + 1/2 \times x_{t-1} + 1/4 \times x_{t-2}$$
$$= w_1 \times x_t + w_2 \times x_{t-1} + w_3 \times x_{t-2}$$
$$= \sum_{k=1}^{3} w_k x_{t-k+1}$$

把 $w_k$ 称为滤波器（Filter）或卷积核（Convolution Kernel），卷积核中的参数称为权值或权重。

卷积也常用在图像处理中，因为图像是二维的，所以图像处理中的卷积是二维卷积。卷积在图像处理中是特征提取的有效方法。二维卷积的过程如图 4-12 所示，中间的 $3 \times 3$ 的方框是卷积核，卷积核在输入图像上每次滑动一个步长，输入像素值与对应的卷积核上的权值相乘并相加，所求得的数值即为一次卷积的结果，该结果就是做一次卷积计算后的输出，把计算结果与一个偏置参数相加，然后经过激活函数作用，最终输出的即是特征映射（Feature Map）或简称特征。

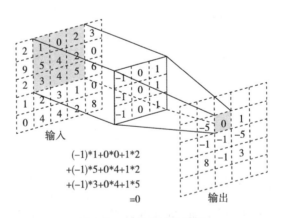

图 4-12　二维卷积的过程

## 2. 卷积神经网络的结构

卷积神经网络是一种有监督学习的神经网络，其中卷积层和池化层是完成特征提取和降维的功能核心模块，图像处理任务中的卷积神经网络的层级结构一般为：输入层、卷积层、激活函数、池化层、全连接层。本节以经典的卷积神经网络 LeNet-5 为例，介绍卷积神经网络的一般结构。LeNet-5 的整体结构如图 4-13 所示。

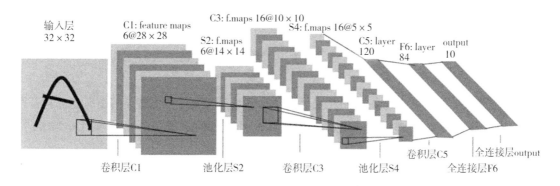

**图4-13　LeNet-5 整体结构**

LeNet-5 共有 7 层（除输入层外），包括 3 个卷积层、2 个池化层、2 个全连接层。下面逐层介绍。

（1）输入层

输入层（input）一般是 3 通道的 RGB 图像，像素大小为 2 的幂次方，如输入图像大小为 $32 \times 32 \times 3$，这里的 $32 \times 32$ 就代表像素，3 代表 3 通道。LeNet-5 的输入为 $32 \times 32$ 单通道灰度图像。

（2）卷积层 C1

卷积层（Conv）在前面讲解卷积的概念时已经提及，它是对输入图像进行特征提取的第一层，常用的卷积核大小有 $3 \times 3$、$5 \times 5$ 和 $7 \times 7$。LeNet-5 中的卷积核大小均为 $5 \times 5$，且卷积核每次滑动的像素为 1，即步长为 1。卷积层输出特征图的通道数等于卷积核个数，LeNet-5 的 C1 层有 6 个卷积核，经过 C1 层卷积计算后，输出特征图大小为 $28 \times 28 \times 6$。

（3）池化层 S2

S2 层为池化层，池化层也叫作下采样层，下采样是为了减少数据计算量，并对特征进行混淆处理，即卷积过后的特征的具体位置是精确的，而特征图上特征的相对位置才是最重要的。S2 层使用的池化核大小为 $2 \times 2$，分别对 $28 \times 28 \times 6$ 的特征进行池化操作，输出 6 个 $14 \times 14$ 的特征图。由此可见，池化操作能减少特征的像素，但不改变维度。

通常情况，一张图像的特征信息量是很大的，但是有些信息的特征对于目标任务没有作用或者没有太多作用，因此池化操作可以去除冗余信息，提取重要的特征。卷积运算是一个特征映射，得到特征图，池化层是一个模糊卷积核，将特征映射模糊化，起到二次特征提取的作用。在卷积神经网络中，输入图像经过卷积层后，通过一个下采样的池化层，用以缩小图像的规模，减少计算量，以提升计算速度，同时降低过拟合。目前最常用的池化方式有平均池化（MeanPooling）和最大池化（MaxPooling）。

平均池化就是对每一个滑动后的池化窗口内对应的特征点求平均值，然后将该平均值作为平均池化后的输出值。最大池化就是求池化窗口内的最大值作为池化输出值。

（4）卷积层 C3

经过第一次池化操作后，再进行第二次卷积，第二次卷积的输出特征图就是 C3 层，该卷积层的卷积核大小为 $2 \times 2$，卷积核个数为 16，输出特征图大小为 $10 \times 10$。

（5）池化层 S4

该层的输入是 $10 \times 10$ 的特征图，池化窗口大小为 $2 \times 2$，采样方式是将窗口内的特征图相加，然后乘以一个可训练的参数，再加上一个可训练的偏置参数，计算过程与 S2 层类似。

（6）卷积层 C5

输入为 $5 \times 5 \times 10$ 的特征图，C5 层有 120 个卷积核，卷积核大小为 $5 \times 5$，输出的特征图大小为 $1 \times 1$。

（7）全连接层 F6 和全连接层 output

F6 层是全连接层，该层的输入为 120 维的向量，F6 层是计算输入向量和权重向量之间的点积，然后再加上一个偏置，output（输出层）也是全连接层，共有 10 个节点，分别代表 0~9 的十个数字。

# 4.7　卷积层的变体

卷积神经网络的研究产生了各种各样优秀的网络模型，还提出了各种卷积层的变体，本节将重点介绍几种典型的卷积层变体。

## 1. 空洞卷积

普通的卷积层为了减少网络的参数量，通常选择较小的 $1 \times 1$ 卷积核、$3 \times 3$ 感受野。小卷积核使得网络提取特征时的感受野区域有限，但是增大感受野的区域又会增加网络的参数量和计算代价，因此需要权衡设计。空洞卷积（Dilated/Atrous Convolution）的提出较好地解决了这个问题，它是在普通卷积的卷积核中注入空洞，并在感受野上增加一个叫作扩张率（dilation rate）的参数，用于控制感受野区域的采样步长。当感受野的采样步长扩张率为 1 时，每个感受野采样点之间的距离为 1，此时的空洞卷积退化为普通的卷积；当扩张率为 2 时，感受野每 2 个单元采样一个点，每个采样格子之间的距离为 2；同样的方法，扩张率为 3，采样步长为 3。尽管扩张率的增大会使得感受野区域增大，但是实际参与运算的点数仍然保持不变。空洞卷积具有扩大感受野和捕获多尺度上下文信息的作用。空洞卷积的过程如图 4-14 所示，不同扩张率的卷积计算结果如图 4-15 所示。

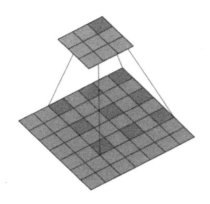

图 4-14　空洞卷积的过程

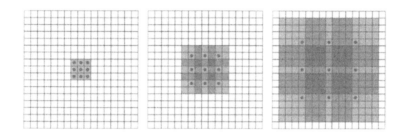

图 4-15　不同扩张率的卷积计算结果

## 2. 转置卷积

实现上采样的传统方法是应用插值方案或人工创建规则。而神经网络等现代架构则倾向于让网络自动学习合适的变换，无须人类干预。为了做到这一点，可以使用转置卷积。

转置卷积（Transposed Convolution）又称为反卷积（Deconvolution），在 CNN 中，转置卷积是一种上采样（up-sampling）的常见方法。在使用神经网络的过程中，经常需要上采样来提高低分辨率图片的分辨率。转置卷积的过程如图 4-16 所示。

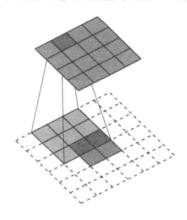

图 4-16　转置卷积的过程

# 4.8　经典的卷积神经网络

上一节介绍的卷积神经网络 LeNet-5 是"开山鼻祖",本节将对比几个具有代表性的卷积神经网络,了解其发展历史和一些网络的创新点,掌握一些网络的改进方式。

**1. LeNet-5**

LeNet-5 是最早提出的卷积神经网络,该网络是由 Yann LeCun 基于 1988 年以来的工作提出。基于 LeNet-5 的手写数字识别系统在 20 世纪 90 年代被美国很多银行使用,用来识别支票上面的手写数字。LeNet-5 的网络结构在前面已经展示。LeNet-5 的主要贡献如下:

1)在神经网络中引入卷积层。

2)引入下采样。

3)引入"卷积 + 池化(下采样) + 非线性激活"的组合,成为 CNN 的典型特征。

4)使用 MPL 作为分类器。

LeNet-5 网络层已经在前面的章节中讲解,这里不再赘述。注意一点,CNN 的层数一般是指具有权重参数的层数总和。CNN 中就是有卷积核的层。如下代码使用 Keras 框架实现了 LeNet-5。

```
model = Sequential( )
model. add( Conv2D( filters = 6, kernel_size = ( 5,5), padding = 'valid', input_shape =
(1,28,28), activation = 'tanh'))
model. add( MaxPooling2D( pool_size = (2,2)))
model. add( Conv2D( filters = 16, kernel_size = (5,5), padding = 'valid', activation = 'tanh'))
model. add( MaxPooling2D( pool_size = (2,2)))
# 池化后变成 16 个 4×4 的矩阵,然后把矩阵压平变成一维的,一共 256 个单元
model. add( Flatten( ))
# 下面是全连接层
model. add( Dense( 120, activation = 'tanh'))
model. add( Dense( 84, activation = 'tanh'))
model. add( Dense( 10, activation = 'softmax'))
```

**2. AlexNet**

AlexNet 是由 Hinton 和他的学生 Alex Krizhevsky 于 2012 年提出的,也是在 2012 年之后,

更多的优秀深度神经网络被提出。该网络首次使用了很多现代深度卷积网络的技术方法，并一直沿用至今，比如使用 GPU 进行并行训练，采用了 ReLU 作为非线性激活函数，使用 Dropout 防止过拟合，使用数据增强来提高模型准确率等。AlexNet 赢得了 2012 年首届 ImageNet 图像分类竞赛的冠军。它首次证明了学习到的特征可以超越手工设计的特征，从而一举打破计算机视觉研究的现状。

（1）AlexNet 的贡献

1）使用 ReLU 作为非线性激活函数。

2）数据扩增。

3）使用最大池化。

4）使用 Dropout 避免过拟合。

5）使用 GPU 减少训练时间。

（2）AlexNet 的网络结构

AlexNet 的整个网络结构是由 5 个卷积层、3 个池化层和 3 个全连接层组成的，池化层没有参数，故 AlexNet 深度为 8 层。AlexNet 整体结构如图 4-17 所示。

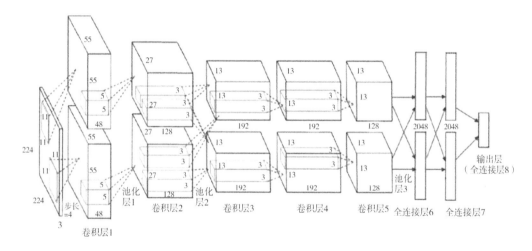

**图 4-17　AlexNet 整体结构**

（3）AlexNet 的网络层

第一个卷积层，使用两组各 48 个大小为 $11 \times 11 \times 3$ 的卷积核，步长 $S = 4$，零填充 $P = 3$，得到两组各 48 个大小为 $55 \times 55$ 的特征映射组。

第一个池化层，使用大小为 $3 \times 3$ 的最大池化操作，步长 $S = 2$，得到两组各 48 个大小为 $27 \times 27$ 的特征映射组，这里的池化操作是有重叠的，以提取更多特征。

第二个卷积层，使用两组各 128 个大小为 $5 \times 5 \times 48$ 的卷积核，步长 $S = 1$，零填充 $P = 2$，得到两组各 128 个大小为 $27 \times 27$ 的特征映射组。

第二个池化层，使用大小为 $3 \times 3$ 的最大池化操作，步长 $S = 2$，得到两组各 128 个大小

为 $13 \times 13$ 的特征映射组。

第三个卷积层为两个路径的融合，使用两组各 192 个大小为 $3 \times 3 \times 256$ 的卷积核，步长 $S = 1$，零填充 $P = 1$，得到两组各 192 个大小为 $13 \times 13$ 的特征映射组。

第四个卷积层，使用两组各 192 个大小为 $3 \times 3 \times 192$ 的卷积核，步长 $S = 1$，零填充 $P = 1$，得到两组各 192 个大小为 $13 \times 13 \times 192$ 的特征映射组。

第五个卷积层，使用两组各 128 个大小为 $3 \times 3 \times 192$ 的卷积核，步长 $S = 1$，零填充 $P = 1$，得到两组各 128 个大小为 $13 \times 13$ 的特征映射组。

第三个池化层，使用大小为 $3 \times 3$ 的最大池化操作，步长 $S = 2$，得到两组各 12 个大小为 $6 \times 6$ 的特征映射组。

三个全连接层，神经元数量分别为 4096、4096 和 1000。

此外，AlexNet 还在前两个池化层之后进行了局部响应归一化（Local Response Normalization，LRN）以增强模型的泛化能力。

（4）用 Keras 实现 Alexnet

```
# 创建模型序列
model = Sequential()
# 第一层卷积网络,使用 96 个卷积核,大小为 11×11,步长为 4,要求输入的图片为
227×227,3 个通道,不加边,激活函数使用 ReLU
model. add(Conv2D(96,(11, 11), strides = (1, 1), input_shape = (28, 28, 1), padding =
'same', activation = 'relu', kernel_initializer = 'uniform'))
# 池化层
model. add(MaxPooling2D(pool_size = (3, 3), strides = (2, 2)))
# 第二层加边使用 256 个 5x5 的卷积核,激活函数为 ReLU
model. add(Conv2D(256,(5, 5), strides = (1, 1), padding = 'same', activation = 'relu',
kernel_initializer = 'uniform'))
# 使用池化层,步长为 2
model. add(MaxPooling2D(pool_size = (3, 3), strides = (2, 2)))
# 第三层卷积,大小为 3x3 的卷积核使用 384 个
model. add(Conv2D(384,(3, 3), strides = (1, 1), padding = 'same', activation = 'relu',
kernel_initializer = 'uniform'))
# 第四层卷积,同第三层
model. add(Conv2D(384,(3, 3), strides = (1, 1), padding = 'same', activation = 'relu',
kernel_initializer = 'uniform'))
# 第五层卷积使用的卷积核为 256 个,其他同上
model. add(Conv2D(256,(3, 3), strides = (1, 1), padding = 'same', activation = 'relu',
kernel_initializer = 'uniform'))
```

```
model. add( MaxPooling2D( pool_size = ( 3 , 3 ) , strides = ( 2 , 2 ) ) )
model. add( Flatten( ) )
model. add( Dense( 4096 , activation = 'relu') )
model. add( Dropout( 0. 5 ) )
model. add( Dense( 4096 , activation = 'relu') )
model. add( Dropout( 0. 5 ) )
model. add( Dense( 10 , activation = 'softmax') )
model. compile( loss = 'categorical_crossentropy', optimizer = 'sgd', metrics = [ 'accuracy'] )
model. summary( )
```

### 3. VGGNet

VGGNet 是由牛津大学的视觉几何组（Visual Geometry Group）和 Google DeepMind 公司的研究员一起研发的深度卷积神经网络，在 ILSVRC2014 上取得了第二名的成绩，将 Top-5 错误率降到 7.3%。它主要的贡献是展示出网络的深度（depth）是算法优良性能的关键部分。目前使用比较多的网络结构主要有 ResNet（152~1000 层）、GoogleNet（22 层）、VGGNet（19 层）。大多数模型都是基于这几个模型进行改进，采用新的优化算法、多模型融合等。到目前为止，VGGNet 依然经常被用来提取图像特征。

（1）VGGNet 网络的参数结构（见图 4-18）

（2）VGGNet 的贡献

1）VGGNet 使用了大小为 3×3 的卷积核，网络层数也更深。两个 3×3 卷积核的堆叠之后，其感受野相当于 5×5 卷积核的感受野；三个 3×3 卷积核的堆叠，其感受野相当于 7×7 卷积核的感受野。通过小卷积核的堆叠代替大卷积核，一方面可以有更少的参数，另一方面拥有更多的非线性变换，增加了 CNN 对特征的学习能力。

2）在 VGGNet 的卷积结构中，引入了 1×1 的卷积核，在不影响输入输出维度的情况下，引入非线性变换，增加网络的表达能力，降低计算量。

3）模型训练时，先训练级别简单、层数较浅的 VGGNet 的 A 级网络，然后使用 A 级网络的权重来初始化后面的复杂网络层的参数，加快训练的收敛速度。

4）采用了 Multi-Scale 的方法来训练和预测，将原始图像缩放到不同尺寸，然后随机裁切 224×224 的图片，这样能增加很多数据量，对于防止模型过拟合有很不错的效果。

（3）VGGNet 的网络层

输入层：在训练过程中，网络输入尺寸固定为 224×224 的 RGB 图像，预处理是基于整个训练集计算 RGB 的均值，然后每个像素节点减去该均值。

卷积层：在这里，网络用 3×3 的小尺寸卷积核来提取特征，并用 1×1 的卷积核来进行

| ConvNet Configuration | | | | | |
|---|---|---|---|---|---|
| A | A-LRN | B | C | D | E |
| 11 weight layers | 11 weight layers | 13 weight layers | 16 weight layers | 16 weight layers | 19 weight layers |
| input (224 × 224 RGB image) | | | | | |
| conv3-64 | conv3-64 **LRN** | conv3-64 **conv3-64** | conv3-64 conv3-64 | conv3-64 conv3-64 | conv3-64 conv3-64 |
| maxpool | | | | | |
| conv3-128 | conv3-128 | conv3-128 **conv3-128** | conv3-128 conv3-128 | conv3-128 conv3-128 | conv3-128 conv3-128 |
| maxpool | | | | | |
| conv3-256 conv3-256 | conv3-256 conv3-256 | conv3-256 conv3-256 | conv3-256 conv3-256 **conv1-256** | conv3-256 conv3-256 **conv3-256** | conv3-256 conv3-256 conv3-256 **conv3-256** |
| maxpool | | | | | |
| conv3-512 conv3-512 | conv3-512 conv3-512 | conv3-512 conv3-512 | conv3-512 conv3-512 **conv1-512** | conv3-512 conv3-512 **conv3-512** | conv3-512 conv3-512 conv3-512 **conv3-512** |
| maxpool | | | | | |
| conv3-512 conv3-512 | conv3-512 conv3-512 | conv3-512 conv3-512 | conv3-512 conv3-512 **conv1-512** | conv3-512 conv3-512 **conv3-512** | conv3-512 conv3-512 conv3-512 **conv3-512** |
| maxpool | | | | | |
| FC-4096 | | | | | |
| FC-4096 | | | | | |
| FC-1000 | | | | | |
| Softmax | | | | | |

**图 4-18　VGGNet 网络的参数结构**

线性转换，然后连接非线性层。卷积运算的步长设置为1，且进行 Padding，使得卷积前后尺寸不变。

池化层：池化层选取最大池化层，步长为2，池化核尺寸为2×2。因此，特征图的尺寸变换只发生于池化层。

全连接层：网络最后是全连接层，神经元数目分别为4096、4096、1000，1000用于分类。最后一层使用 Softmax 作为激活函数，用于计算类别的概率。

激活函数：除了最后一层，整个网络使用 ReLU 作为非线性激活函数。由于 Local Response Normalization（LRN）对网络无益，所以在网络中未使用。

（4）用 Keras 实现 VGGNet

```
model = Sequential( )
model. add( Conv2D( 64 , ( 3 , 3 ), strides = ( 1 , 1 ), input_shape = ( 224 , 224 , 3 ), padding =
'same', activation = 'relu', kernel_initializer = 'uniform' ) )
```

```
    model. add(Conv2D(64,(3,3), strides = (1,1), padding = 'same', activation = 'relu',
kernel_initializer = 'uniform'))
    model. add(MaxPooling2D(pool_size = (2,2)))
    model. add(Conv2D(128,(3,2), strides = (1,1), padding = 'same', activation = 'relu',
kernel_initializer = 'uniform'))
    model. add(Conv2D(128,(3,3), strides = (1,1), padding = 'same', activation = 'relu',
kernel_initializer = 'uniform'))
    model. add(MaxPooling2D(pool_size = (2,2)))
    model. add(Conv2D(256,(3,3), strides = (1,1), padding = 'same', activation = 'relu',
kernel_initializer = 'uniform'))
    model. add(Conv2D(256,(3,3), strides = (1,1), padding = 'same', activation = 'relu',
kernel_initializer = 'uniform'))
    model. add(Conv2D(256,(3,3), strides = (1,1), padding = 'same', activation = 'relu',
kernel_initializer = 'uniform'))
    model. add(MaxPooling2D(pool_size = (2,2)))
    model. add(Conv2D(512,(3,3), strides = (1,1), padding = 'same', activation = 'relu',
kernel_initializer = 'uniform'))
    model. add(Conv2D(512,(3,3), strides = (1,1), padding = 'same', activation = 'relu',
kernel_initializer = 'uniform'))
    model. add(Conv2D(512,(3,3), strides = (1,1), padding = 'same', activation = 'relu',
kernel_initializer = 'uniform'))
    model. add(MaxPooling2D(pool_size = (2,2)))
    model. add(Conv2D(512,(3,3), strides = (1,1), padding = 'same', activation = 'relu',
kernel_initializer = 'uniform'))
    model. add(Conv2D(512,(3,3), strides = (1,1), padding = 'same', activation = 'relu',
kernel_initializer = 'uniform'))
    model. add(Conv2D(512,(3,3), strides = (1,1), padding = 'same', activation = 'relu',
kernel_initializer = 'uniform'))
    model. add(MaxPooling2D(pool_size = (2,2)))
    model. add(Flatten())
    model. add(Dense(4096, activation = 'relu'))
    model. add(Dropout(0.5))
    model. add(Dense(4096, activation = 'relu'))
    model. add(Dropout(0.5))
```

```
model. add( Dense( 1000, activation = 'softmax') )
model. compile( loss = 'categorical_crossentropy', optimizer = 'sgd', metrics = [ 'accuracy'] )
model. summary( )
```

### 4. GoogleNet

GoogleNet 也称为 Inception v1，GoogleNet 和 VGG 是当年 ImageNet 挑战赛的双雄，GoogleNet 获得了冠军、VGG 获得了亚军，这两类模型结构的共同特点是网络更深了。VGG 继承了 LeNet 以及 AlexNet 的一些框架结构，而 GoogleNet 则做了更加大胆的网络结构尝试，虽然深度只有 22 层，但模型大小却比 AlexNet 和 VGG 小很多。

GoogleNet 是用 Inception Module 堆起来的。它的设计充满了科学理论与工程实践的结合，GoogleNet 团队在考虑网络设计时不只注重增加模型的分类准确率，同时也考虑了其可能的计算与内存使用开销。

（1）GoogleNet 贡献

1）拆分卷积核的思想，可以降低参数量，减轻过拟合，增加网络非线性的表达能力。例如，将 $7 \times 7$ 的卷积拆分成 $1 \times 7$ 卷积和 $7 \times 1$ 卷积，比拆分成 3 个 $3 \times 3$ 卷积更节约参数，同时比 $7 \times 7$ 卷积多了一层非线性扩展模型的表达能力。

2）Inception Module 用多个分支提取不同抽象程度的高阶特征，可以丰富网络的表达能力。这些 Inception Module 的结构只在网络的后面出现，前面还是普通的卷积层。

3）卷积网络从输入到输出，应该让图片尺寸逐渐减小，输出通道数逐渐增加，即让空间结构简化，将空间信息转化为高阶抽象的特征信息。

4）去除了最后的全连接层，用 $1 \times 1$ 卷积来取代，这样大大减少了参数量，并且减轻了过拟合。

（2）Inception Module（见图 4-19）

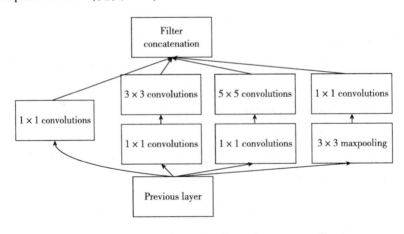

图 4-19　Inception Module

Inception Module 中主要使用了卷积和最大池化算子，并采用4组平行的特征抽取方式，分别为 $1 \times 1$、$3 \times 3$、$5 \times 5$ 的卷积层和 $3 \times 3$ 的最大池化层。同时，为了提高计算效率，减少参数量，Inception Module 在进行 $3 \times 3$、$5 \times 5$ 的卷积之前、$3 \times 3$ 的最大池化层之后，进行了一次 $1 \times 1$ 的卷积来减少特征映射的深度。如果输入特征映射之间存在冗余信息，$1 \times 1$ 的卷积相当于先进行一次特征抽取。

GoogleNet 由 9 个 Inception v1 模块和 5 个池化层以及其他一些卷积层和全连接层构成，总共为 22 层网络。

（3）用 Keras 实现 GoogleNet

```
from keras.layers.normalization import BatchNormalization
from keras.layers.convolutional import Conv2D
from keras.layers.convolutional import AveragePooling2D
from keras.layers.convolutional import MaxPooling2D
from keras.layers.core import Activation
from keras.layers.core import Dropout
from keras.layers.core import Dense
from keras.layers import Flatten
from keras.layers import Input
from keras.models import Model
from keras.layers import concatenate
from keras import backend as K

class MiniGoogLeNet:
    def conv_module(x, K, kX, kY, stride, chanDim, padding = "same"):
        x = Conv2D(K,(kX, kY), strides = stride, padding = padding)(x)
        x = BatchNormalization(axis = chanDim)(x)
        x = Activation("relu")(x)
        return x
    def inception_module(x,numK1_1,numK3_3,chanDim):
        conv1_1 = MiniGoogLeNet.conv_module(x,numK1_1,1,1,(1,1),chanDim)
        conv3_3 = MiniGoogLeNet.conv_module(x,numK3_3,3,3,(1,1),chanDim)
        x = concatenate([conv1_1,conv3_3],axis = chanDim)
        return x

    def downsample_module(x,K,chanDim):
        pool = MaxPooling2D((3,3),strides = (2,2))(x)
        x = concatenate([conv3_3,pool],axis = chanDim)
        return x
```

```python
def build(width, height, depth, classes):
    inputShape = (height, width, depth)
    if K.image_data_format() == "channels_first":
        inputShape = (depth, height, width)
        chanDim = 1
    # define the model input and first CONV module
    inputs = Input(shape = inputShape)
    x = MiniGoogLeNet.conv_module(inputs, 96, 3, 3, (1, 1), chanDim)
    # two Inception modules followed by a downsample module
    x = MiniGoogLeNet.inception_module(x, 32, 32, chanDim)# 第一个分叉
    x = MiniGoogLeNet.inception_module(x, 32, 48, chanDim)# 第二个分叉
    x = MiniGoogLeNet.downsample_module(x, 80, chanDim)# 第三个分叉,含有 maxpooling
    # four Inception modules followed by a downsample module
    x = MiniGoogLeNet.inception_module(x, 112, 48, chanDim)
    x = MiniGoogLeNet.inception_module(x, 96, 64, chanDim)
    x = MiniGoogLeNet.inception_module(x, 80, 80, chanDim)
    x = MiniGoogLeNet.inception_module(x, 48, 96, chanDim)
    x = MiniGoogLeNet.downsample_module(x, 96, chanDim)
    # two Inception modules followed by global POOL and dropout
    x = MiniGoogLeNet.inception_module(x, 176, 160, chanDim)
    x = MiniGoogLeNet.inception_module(x, 176, 160, chanDim)# 输出是(7 × 7 × (160 + 176))
    x = AveragePooling2D((7, 7))(x)#经过平均池化之后变成了(1 * 1 * 376)
    x = Dropout(0.5)(x)
    # softmax classifier
    x = Flatten()(x)#特征扁平化
    x = Dense(classes)(x)#全连接层,进行多分类,形成最终的 10 分类
    x = Activation("softmax")(x)
    # create the model
    model = Model(inputs, x, name = "googlenet")
    # return the constructed network architecture
    return model
```

### 5. ResNet50

残差网络是由来自 Microsoft Research 的 4 位学者提出的卷积神经网络，在 2015 年的 ILSVRC 中获得了图像分类和物体识别的冠军。残差网络的特点是容易优化，并且能够通过增加深度来提高准确率。其内部的残差块使用了跳跃连接，缓解了在深度神经网络中增加深度带来的梯度消失问题。

（1）ResNet 提出的动机

加深网络的深度能够提高分类和识别的准确率，人们会认为网络设计得越深越好，但是事实上却不是这样，常规的网络的堆叠（Plain Network）在网络很深的时候，效果却越来越差了。

其中的原因之一即是网络越深，梯度消失的现象就越来越明显，网络的训练效果也不会很好。但是现在浅层的网络又无法明显提升网络的识别效果，所以要解决的问题就是怎样在加深网络的情况下又能解决梯度消失的问题。

ResNet 引入了残差网络结构（Residual Network），残差网络堆叠形成的深层网络可以很好地解决梯度消失问题，使更深的网络训练效果也更好。目前网络的深度达到了 1000 多层，最终网络分类的效果也非常好，残差网络的基本结构如图 4-20 所示。

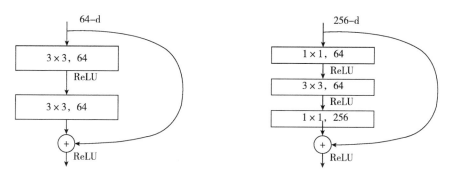

**图 4-20　残差网络的基本结构**

ResNet 主要创新点在于设计了一种使用了跳连接（Skip Connection）的残差结构，使得网络达到很深的层次，同时提升了性能。

（2）用 Keras 实现 ResNet50

```
def Conv2d_BN(x, nb_filter, kernel_size, strides = (1, 1), padding = 'same', name = None):
    if name is not None:
        bn_name = name + '_bn'
        conv_name = name + '_conv'
    else:
        bn_name = None
        conv_name = None
```

```python
    x = Conv2D(nb_filter, kernel_size, padding = padding, strides = strides, name = conv_
name)(x)
    x = BatchNormalization(axis = 3, name = bn_name)(x)
    x = Activation('relu')(x)
    return x
def Conv_Block(inpt, nb_filter, kernel_size, strides = (1, 1), with_conv_shortcut = False):
    x = Conv2d_BN(inpt, nb_filter = nb_filter[0], kernel_size = (1, 1), strides = strides,
padding = 'same')
    x = Conv2d_BN(x, nb_filter = nb_filter[1], kernel_size = (3, 3), padding = 'same')
    x = Conv2d_BN(x, nb_filter = nb_filter[2], kernel_size = (1, 1), padding = 'same')
    if with_conv_shortcut:
        shortcut = Conv2d_BN(inpt, nb_filter = nb_filter[2], strides = strides, kernel_size =
kernel_size)
        x = add([x, shortcut])
        return x
    else:
        x = add([x, inpt])
        return x
def createcnn():
    inpt = Input(shape = (224, 224, 3))
    x = ZeroPadding2D((3, 3))(inpt)
    x = Conv2d_BN(x, nb_filter = 64, kernel_size = (7, 7), strides = (2, 2), padding = 'valid')
    x = MaxPooling2D(pool_size = (3, 3), strides = (2, 2), padding = 'same')(x)
    x = Conv_Block(x, nb_filter = [64, 64, 256], kernel_size = (3, 3), strides = (1, 1),
with_conv_shortcut = True)
    x = Conv_Block(x, nb_filter = [64, 64, 256], kernel_size = (3, 3))
    x = Conv_Block(x, nb_filter = [64, 64, 256], kernel_size = (3, 3))
    x = Conv_Block(x, nb_filter = [128, 128, 512], kernel_size = (3, 3), strides = (2, 2),
with_conv_shortcut = True)
    x = Conv_Block(x, nb_filter = [128, 128, 512], kernel_size = (3, 3))
    x = Conv_Block(x, nb_filter = [128, 128, 512], kernel_size = (3, 3))
    x = Conv_Block(x, nb_filter = [128, 128, 512], kernel_size = (3, 3))
    x = Conv_Block(x, nb_filter = [256, 256, 1024], kernel_size = (3, 3), strides = (2, 2),
with_conv_shortcut = True)
```

```
x = Conv_Block(x, nb_filter = [256, 256, 1024], kernel_size = (3, 3))
x = Conv_Block(x, nb_filter = [256, 256, 1024], kernel_size = (3, 3))
x = Conv_Block(x, nb_filter = [256, 256, 1024], kernel_size = (3, 3))
x = Conv_Block(x, nb_filter = [256, 256, 1024], kernel_size = (3, 3))
x = Conv_Block(x, nb_filter = [256, 256, 1024], kernel_size = (3, 3))
x = Conv_Block(x, nb_filter = [512, 512, 2048], kernel_size = (3, 3), strides =
(2, 2), with_conv_shortcut = True)
x = Conv_Block(x, nb_filter = [512, 512, 2048], kernel_size = (3, 3))
x = Conv_Block(x, nb_filter = [512, 512, 2048], kernel_size = (3, 3))
x = AveragePooling2D(pool_size = (7, 7))(x)
x = Flatten()(x)
x = Dense(2, activation = 'softmax')(x)
model = Model(inputs = inpt, outputs = x)
return model
```

# 4.9　实战案例——基于 LeNet-5 的 Fashion_MNIST 图像分类

**1. 案例目标**

· 掌握卷积神经网络的原理和构建方法。

· 掌握 Keras 数据集模块的使用方法。

· 掌握 Keras 框架的顺序模型搭建方法。

· 掌握 Keras 框架建模流程。

**2. 案例分析**

本案例使用 TensorFlow 框架，基于卷积神经网络 LeNet-5 实现 Fashion_MNIST 图像分类，重点掌握卷积神经网络的原理和实现方法。Fashion_MNIST 是一个替代 MNIST 手写数字集的图像数据集，它由一家德国的时尚科技公司 Zalando 旗下的研究部门提供。数据集涵盖了来自 10 种类别的共 7 万个不同商品的正面图片。Fashion_MNIST 的大小、格式和数据集划分与原始的 MNIST 完全一致。

## 3. 环境配置

Windows 10

TensorFlow 2.3.0

Keras 2.3.1

Matplotlib 3.3.2

## 4. 案例实施

（1）导入必要的库

```
import tensorflow as tf
import matplotlib.pyplot as plt
import numpy as np
from tensorflow import keras
from tensorflow.keras import layers
```

（2）加载数据集

```
fashion_mnist = keras.datasets.fashion_mnist
(x_train, y_train), (x_test, y_test) = fashion_mnist.load_data()
```

（3）创建图像类别名称列表

将每个图像都映射到一个标签。由于类别名称不包含在数据集中，因此把它们存储在这里以便在绘制图像时使用。打印数据集的基本信息。

```
class_names = ['T-shirt', 'Trouser', 'Pullover', 'Dress', 'Coat', 'Sandal', 'Shirt', 'Sneaker',
'Bag', 'Ankle boot']
# 查看训练集图像的 shape
print(x_train.shape)
print(y_train.shape)
```

（4）数据可视化

```
# 查看测试集第一张图像
plt.figure()
plt.imshow(x_test[0])
```

输出图像如图 4-21 所示。

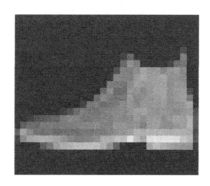

**图 4-21　测试集第一张图像**

展示训练集前 25 张图像，如图 4-22 所示。

```
plt.figure(figsize=(10,10))
for i in range(25):
    plt.subplot(5,5,i+1)
    plt.xticks([])
    plt.yticks([])
    plt.grid(False)
    plt.imshow(x_train[i])
    plt.xlabel(class_names[y_train[i]])
plt.show()
```

**图 4-22　训练集前 25 张图像**

（5）搭建网络模型

一个神经网络最基本的组成部分便是网络层。网络层从提供给它们的数据中提取特征，并期望这些特征对当前的问题更加有意义。大多数深度学习是由串连在一起的网络层所组成的。大多数网络层，例如 tf. keras. layers. Dense，具有在训练期间学习的参数，本案例使用 LeNet-5 这个卷积神经网络，实现代码如下：

```python
# 搭建 LeNet-5
model = tf. keras. models. Sequential([
    layers. Conv2D(6, 5, activation = 'tanh', input_shape = (28, 28, 1)),
    layers. MaxPooling2D(2, 2),
    layers. Conv2D(16, 5, activation = 'tanh'),
    layers. MaxPooling2D(2, 2),
    layers. Flatten(),
    layers. Dense(120, activation = 'tanh'),
    layers. Dense(84, activation = 'tanh'),
    layers. Dense(10, activation = 'softmax')
])
```

（6）编译模型

```python
model. compile(optimizer = 'adam',
              loss = tf. keras. losses. SparseCategoricalCrossentropy(),
              metrics = 'accuracy')
model. summary()
```

（7）训练模型

```python
model. fit(x_train,
          y_train,
          epochs = 10,
          validation_data = (x_test, y_test))
```

（8）测试模型

```python
test_loss, test_acc = model. evaluate(x_test, y_test)
```

（9）模型预测

通过训练好的模型来预测测试图像，查看第1张图片的预测信息，可以发现预测结果是 10 个数字的数组。这些数字描述了模型的"置信度",即图像分别对应于 10 种不同服装的概率。从结果中可以看到哪个标签具有最高的置信度值,通过对比真实标签值可以知道预测的对错。使用模型预测一张图像,并将结果以柱状图可视化出来,如图 4-23 所示。

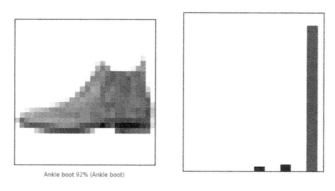

**图 4-23　预测图像结果**

（10）查看测试集前 15 张图像预测结果

预测正确的概率以蓝色柱状图表示,预测错误的概率以红色柱状图表示,如图 4-24 所示。

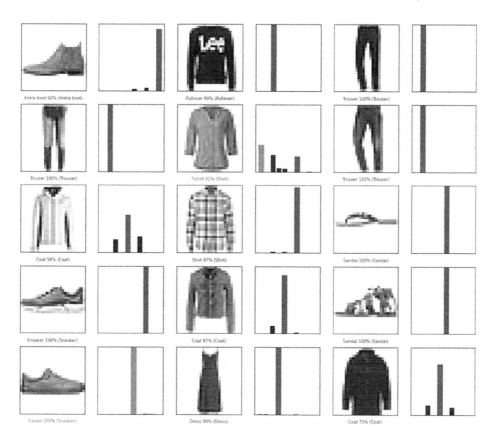

**图 4-24　测试集前 15 张图像预测结果**

# 单元小结

本单元主要介绍了全连接神经网络和卷积神经网络，并通过两个代码案例实现了全连接神经网络的手写数字识别和卷积神经网络的 Fashion_MNIST 图像分类。重点掌握使用 Keras 框架构建神经网络的方法。

# 课后习题

## 一、填空题

1. 人工神经网络是仿照生物神经网络而发明的，请列举 3 种常见的神经网络类型：_____、_____、_____。

2. _____是一种模仿人脑神经系统的数学模型，简称神经网络。

3. 人类大脑由_____、神经胶质细胞、神经干细胞和血管组成。

4. 人工神经元模型是受_____的启发，是对生物神经元模型抽象、简化而形成的一种数学计算结构。

5. 激活函数用于给模型加入非线性因素，常见的激活函数主要有_____、_____、_____。

6. 卷积神经网络与全连接神经网络不同的是，卷积神经网络采用了_____和_____的方式，降低了计算量和过拟合的风险。

## 二、单选题

1. （　　）是深度学习的开端，卷积神经网络（CNN）、循环神经网络（RNN）、长短时记忆网络（LSTM）等各种神经网络都是基于全连接神经网络而提出的，最基础的原理都是由反向传播而来。

A. 机器学习 　　　　　　　　　　B. 卷积

C. 神经网络 　　　　　　　　　　D. 大数据处理技术

2. 下列不属于激活函数的性质的是（　　）。

A. 单调性 　　　　　　　　　　　B. 可微性

C. 线性 　　　　　　　　　　　　D. 非线性

3. 下列属于激活函数的是（　　　）。

A. Str( )

B. iter( )

C. Sigmoid( )

D. Pandas

4. 卷积神经网络采用了局部连接和（　　　）的方式，降低了计算量和过拟合的风险。

A. 全连接

B. 全局变量

C. 权值共享

D. 加权

5. LeNet-5 总共有 7 层，包括 3 个（　　　），2 个池化层，2 个全连接层。

A. 卷积层

B. 预处理

C. 卷积核

D. 清洗

6. 下列选项不属于 LeNet-5 的贡献的是（　　　）。

A. 引入卷积层

B. 引入下采样

C. 使用 MPL

D. 使用 ReLU

### 三、判断题

1. LeNet-5 是最早提出的卷积神经网络，该网络是由 Yann LeCun 基于 1988 年以来的工作提出。　　　　　　　　　　　　　　　　　　　　　　　　　（　　　）

2. 转置卷积又称为反卷积，在 CNN 中，转置卷积是一种下采样的常见方法。　（　　　）

3. 卷积神经网络是一种有监督学习的神经网络，其中卷积层是完成特征提取的核心模块。　　　　　　　　　　　　　　　　　　　　　　　　　　　　　（　　　）

4. 卷积神经网络是一种前馈神经网络，简称 CNN，擅长小型图像处理。　（　　　）

5. 神经网络中激活函数的主要作用是提供网络的非线性建模能力，激活函数一般而言是非线性函数。　　　　　　　　　　　　　　　　　　　　　　　　　（　　　）

6. 感知机是人工神经网络的典型结构，是由美国学者 Frank Rosenblatt 于 1957 年提出来的简单神经网络。　　　　　　　　　　　　　　　　　　　　　　（　　　）

### 四、简答题

1. 简述什么是人工神经网络。

2. 简述激活函数的概念和作用，并列举激活函数的性质。

3. 简述什么是 Sigmoid 函数及其优点。

4. 简述 LeNet-5 的网络层以及创新点。

### 五、操作题

1. 使用 Keras 框架编程实现 LeNet-5 和 AlexNet。

2. 完成基于 LeNet-5 的 Fashion_MNIST 图像分类。

# Unit 5

## 单元5
## 回归问题

# 单元概述

在机器学习中，回归是一种有监督学习，主要是从中发现变量之间的相关性，确定变量间的关系式，从而预测输出的变量值。回归问题主要用于预测某连续变量或离散变量的数值，例如预测 PM2.5、房屋价格、电商用户购买可能性等。

# 学习目标

知识目标
- 掌握回归问题的概念和基本原理。
- 掌握 TensorBoard 的使用方法。
- 掌握模型过拟合问题的解决方法。

能力目标
- 能够独立构建回归问题模型。

素质目标
- 培养学生自主学习能力和自主探究精神。

## 5.1　回归的概念和基本原理

回归问题包括一元线性回归和多元线性回归。回归用于预测输入变量（自变量）和输出变量（因变量）之间的关系，回归模型正是表示从输入变量到输出变量之间映射的函数。回归问题的学习等价于函数拟合。

### 1. 一元线性回归

一元线性回归是回归问题中最简单的，可以将一元线性回归理解为：对给出的 $N$ 个点 $(x, y)$，找到一条能够拟合这些点的直线：

$$y = wx + b$$

式中，$y$ 是目标变量，即未来要预测的值；$x$ 是影响 $y$ 的因素，称为自变量；$w$ 和 $b$ 为参数，即要求的模型参数。

目标变量的影响因素可以是连续值也可以是离散值，自变量和目标变量之间的关系被称为模型，影响目标变量的因素只有一个 $x$，所以这类回归叫作一元线性回归。一元线性回归示例如图 5-1 所示。

比如，当只考虑房屋面积因素时，房价预测模型构建问题就属于一元线性回归问题。

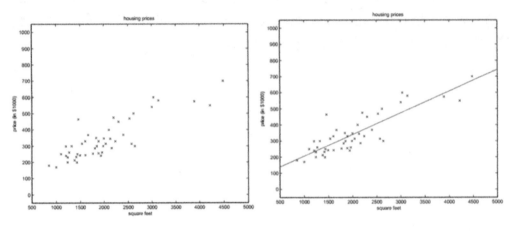

图 5-1　一元线性回归示例

## 2. 多元线性回归

现实生活中，往往影响结果 $y$ 的因素不止一个，例如影响房子价格的因素还可能有房子的位置、楼层等因素，这时 $x$ 就从一个变成了 $n$ 个，同时简单线性回归的公式也就不再适用了。多元线性回归公式如下：

$$y = w_1 x_1 + w_2 x_2 + \cdots + w_n x_n$$

式中，$y$ 是目标变量，即未来要预测的值；$x_1, x_2, \cdots, x_n$ 是影响 $y$ 的多元因素。

以二元线性回归为例，可以将二元线性回归理解为使用一个平面拟合平面中的一些点，如图 5-2 所示。

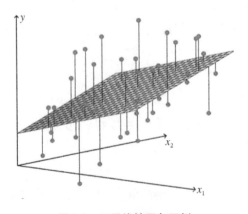

图 5-2　二元线性回归示例

## 5.2　回归问题的损失函数

机器学习的所有算法都需要最大化或者最小化目标函数，在最小化场景下，目标函数又称为损失函数。在回归问题中，有两种最常用的损失函数：平均绝对误差和均方误差。

### 1. 平均绝对误差

平均绝对误差（Mean Absolute Error，MAE）又称为 L1 损失，用于评估预测结果和真实数据集的接近程度，其值越小说明拟合效果越好。

公式如下：

$$MAE = \sum_{i=1}^{n} | y_i - y_i^p |$$

优点：对异常值具有较好的鲁棒性。

缺点：梯度不变是个严重问题，即使对于很小的损失，梯度也很大，不利于模型收敛，常使用变化的学习率解决。

### 2. 均方误差

均方误差（Mean Squared Error，MSE）又称 L2 损失，该指标计算的是拟合数据和原始数据对应样本点的误差的平方和的均值，其值越小说明拟合效果越好。公式如下：

$$MSE = \sum_{i=1}^{n} (y_i - y_i^p)^2$$

优点：计算方便，逻辑清晰，衡量误差较准确，收敛效果好。

缺点：对异常点会赋予较大的权重，如果异常点不属于考虑范围，是由于某种错误导致的，则此函数指导方向将出现偏差。

## 5.3　实战案例——汽车燃油效率预测

### 1. 案例目标

本案例为基于 TensorFlow 框架的回归问题，基于 Auto MPG 数据集建立汽车油耗预测模型，进一步理解线性回归问题。

## 2. 案例分析

本案例使用的是经典的 Auto MPG 数据集，构建预测汽车燃油效率的深度学习模型。该问题属于回归问题，目的是预测像价格或者概率这样的连续输出值。该数据集对汽车的 4 个参数进行了描述：气缸数（Cylinders）、排量（Displacement）、马力（Horsepower）和重量（Weight）。Auto MPG 数据集部分样本如图 5-3 所示。

| | MPG | Cylinders | Displacement | Horsepower | Weight | Acceleration | Model Year | Origin |
|---|---|---|---|---|---|---|---|---|
| **393** | 27.0 | 4 | 140.0 | 86.0 | 2790.0 | 15.6 | 82 | 1 |
| **394** | 44.0 | 4 | 97.0 | 52.0 | 2130.0 | 24.6 | 82 | 2 |
| **395** | 32.0 | 4 | 135.0 | 84.0 | 2295.0 | 11.6 | 82 | 1 |
| **396** | 28.0 | 4 | 120.0 | 79.0 | 2625.0 | 18.6 | 82 | 1 |
| **397** | 31.0 | 4 | 119.0 | 82.0 | 2720.0 | 19.4 | 82 | 1 |

**图 5-3  Auto MPG 数据集部分样本**

本案例需要在 Kernel 中安装 Pandas 和 Seaborn。Pandas（Python Data Analysis Library）是基于 Numpy 的一种工具，该工具是为了解决数据分析任务而创建的。Pandas 纳入了大量库和一些标准的数据模型，提供了高效操作大型数据集所需的工具。Seaborn 是基于 Matplotlib 的图形可视化 Python 包。安装 Pandas 和 Seaborn 的命令为：conda install pandas；conda install seaborn。

## 3. 环境配置

Windows 10

TensorFlow 2. 3. 0

Matplotlib 3. 3. 2

Pandas 1. 1. 3

Seaborn 0. 11. 0

## 4. 案例实施

（1）导入函数库

```
import pathlib
import matplotlib. pyplot as plt
```

```
import pandas as pd
import seaborn as sns
import tensorflow as tf
from tensorflow import keras
from tensorflow. keras import layers
print( tf. __version__)
```

运行代码将会输出 TensorFlow 的版本号。

（2）加载数据

```
dataset_path = keras. utils. get_file( " auto - mpg. data" , " http://archive. ics. uci. edu/ml/
machine - learning - databases/auto - mpg/auto - mpg. data" )
dataset_path
```

运行代码会输出数据集的默认下载路径。

使用 Pandas 工具导入数据集：

```
column_names = [ 'MPG','Cylinders','Displacement','Horsepower','Weight', 'Acceleration',
'Model Year', 'Origin']
raw_dataset = pd. read _ csv ( dataset _ path, names = column _ names, na _ values = " ?",
comment = '\t', sep = " " , skipinitialspace = True)
dataset = raw_dataset. copy( )
dataset. tail( )
```

运行代码将打印出数据集中的部分样本信息。

（3）数据清洗

```
# 数据集中包括一些未知值
dataset. isna( ). sum( )
dataset = dataset. dropna( )# 删除未知行
```

（4）独热编码

数据集中 Origin 列代表分类编号，不是一个具体数字，将它们转换为独热（one-hot）编码。

```
origin = dataset. pop('Origin')
dataset['USA'] = (origin = =1) * 1.0
dataset['Europe'] = (origin = =2) * 1.0
dataset['Japan'] = (origin = =3) * 1.0
dataset. tail()
```

将 Origin 列转换为独热编码后，数据集样本如图 5-4 所示。

| | MPG | Cylinders | Displacement | Horsepower | Weight | Acceleration | Model Year | USA | Europe | Japan |
|---|---|---|---|---|---|---|---|---|---|---|
| 393 | 27.0 | 4 | 140.0 | 86.0 | 2790.0 | 15.6 | 82 | 1.0 | 0.0 | 0.0 |
| 394 | 44.0 | 4 | 97.0 | 52.0 | 2130.0 | 24.6 | 82 | 0.0 | 1.0 | 0.0 |
| 395 | 32.0 | 4 | 135.0 | 84.0 | 2295.0 | 11.6 | 82 | 1.0 | 0.0 | 0.0 |
| 396 | 28.0 | 4 | 120.0 | 79.0 | 2625.0 | 18.6 | 82 | 1.0 | 0.0 | 0.0 |
| 397 | 31.0 | 4 | 119.0 | 82.0 | 2720.0 | 19.4 | 82 | 1.0 | 0.0 | 0.0 |

图 5-4　one-hot 数据集样本

（5）数据集划分

现在需要将数据集拆分为一个训练数据集和一个测试数据集，训练数据集用来训练网络，测试数据集作为测试数据，用以测试最终的模型性能。

```
train_dataset = dataset. sample(frac =0. 8, random_state =0)
test_dataset = dataset. drop(train_dataset. index)
```

（6）数据集检查

使用 Seaborn 工具查看训练数据集中几个队列的联合分布情况。

```
sns. pairplot(train_dataset[["MPG", "Cylinders", "Displacement", "Weight"]], diag_kind = "kde")
```

输出数据联合分布，如图 5-5 所示。

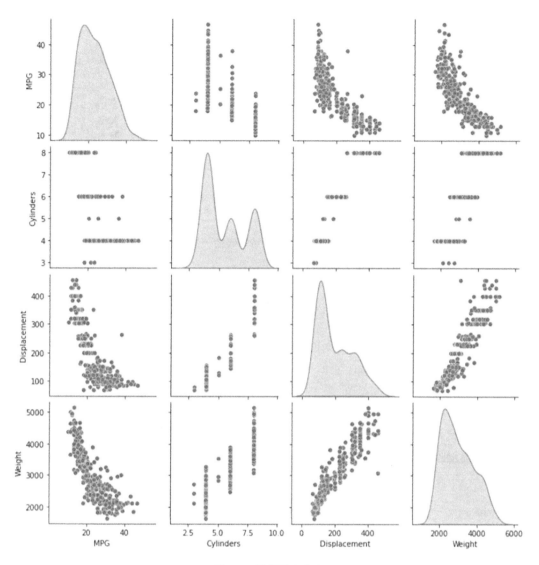

图 5-5　数据联合分布

也可以查看总体的数据统计。

```
train_stats = train_dataset. describe( )
train_stats. pop( "MPG" )
train_stats = train_stats. transpose( )
train_stats
```

输出的数据统计信息如图 5-6 所示。

| | count | mean | std | min | 25% | 50% | 75% | max |
|---|---|---|---|---|---|---|---|---|
| Cylinders | 314.0 | 5.477707 | 1.699788 | 3.0 | 4.00 | 4.0 | 8.00 | 8.0 |
| Displacement | 314.0 | 195.318471 | 104.331589 | 68.0 | 105.50 | 151.0 | 265.75 | 455.0 |
| Horsepower | 314.0 | 104.869427 | 38.096214 | 46.0 | 76.25 | 94.5 | 128.00 | 225.0 |
| Weight | 314.0 | 2990.251592 | 843.898596 | 1649.0 | 2256.50 | 2822.5 | 3608.00 | 5140.0 |
| Acceleration | 314.0 | 15.559236 | 2.789230 | 8.0 | 13.80 | 15.5 | 17.20 | 24.8 |
| Model Year | 314.0 | 75.898089 | 3.675642 | 70.0 | 73.00 | 76.0 | 79.00 | 82.0 |
| USA | 314.0 | 0.624204 | 0.485101 | 0.0 | 0.00 | 1.0 | 1.00 | 1.0 |
| Europe | 314.0 | 0.178344 | 0.383413 | 0.0 | 0.00 | 0.0 | 0.00 | 1.0 |
| Japan | 314.0 | 0.197452 | 0.398712 | 0.0 | 0.00 | 0.0 | 0.00 | 1.0 |

图 5-6　数据统计信息

（7）标签分离

标签 MPG 存在于数据集中，需要将其单独分离出来，这个标签值就是模型预测的输出值。

```
train_labels = train_dataset. pop('MPG')
test_labels = test_dataset. pop('MPG')
```

（8）数据归一化

数据归一化是对不同尺度的数据进行统一的最好方法，尽管没有归一化的数据在训练网络时也能使模型收敛，但是这将使模型训练更加复杂。下面用已经归一化的数据来训练模型。

```
def norm(x):
    return(x - train_stats['mean'])/ train_stats['std']
normed_train_data = norm(train_dataset)
normed_test_data = norm(test_dataset)
```

（9）构建网络模型

这里使用一个顺序模型"build_model"，其中包含两个全连接的隐藏层，以及返回单个连续值的输出层。

```
def build_model():
    model = keras. Sequential([
        layers. Dense(64, activation = 'relu',
                        input_shape = [len(train_dataset. keys())]),
        layers. Dense(64, activation = 'relu'),
        layers. Dense(1)
    ])
```

（10）模型编译

```
optimizer = tf. keras. optimizers. RMSprop(0. 001)
model. compile(loss = 'mse', optimizer = optimizer, metrics = ['mae', 'mse'])
return model
model = build_model()
```

（11）模型检查

使用 summary( )函数打印模型，显示模型的详细情况

```
model. summary()
```

打印出的模型摘要如图 5-7 所示。

```
Model: "sequential_1"

_____
Layer (type)                 Output Shape              Param #
=================================================================
dense_3 (Dense)              (None, 64)                640
_____
dense_4 (Dense)              (None, 64)                4160
_____
dense_5 (Dense)              (None, 1)                 65
=================================================================
Total params: 4,865
Trainable params: 4,865
Non-trainable params: 0
_____
```

**图 5-7　模型摘要**

（12）模型训练

对模型进行训练，训练代数设置为 1000，并在 history 对象中记录训练和验证的准确性。

```
# 通过为每个完成的时期打印一个点来显示训练进度
class PrintDot(keras. callbacks. Callback):
  def on_epoch_end(self, epoch, logs):
    if epoch % 100 == 0:print(")
    print('.', end = ")
```

```
EPOCHS = 1000
  history = model.fit(
    normed_train_data, train_labels,
    epochs = EPOCHS, validation_split = 0.2, verbose = 0,
    callbacks = [PrintDot()])
```

（13）训练过程可视化

使用 history 对象中存储的统计信息，可视化模型的训练过程，查看一些指标的变化情况。

```
def plot_history(history):
    hist = pd.DataFrame(history.history)
    hist['epoch'] = history.epoch


    plt.figure()
    plt.xlabel('Epoch')
    plt.ylabel('Mean Abs Error[MPG]')
    plt.plot(hist['epoch'], hist['mae'], label = 'Train Error')
    plt.plot(hist['epoch'], hist['val_mae'], label = 'Val Error')
    plt.ylim([0, 5])
    plt.legend()


    plt.figure()
    plt.xlabel('Epoch')
    plt.ylabel('Mean Square Error[ $ MPG^2 $ ]')
    plt.plot(hist['epoch'], hist['mse'], label = 'Train Error')
    plt.plot(hist['epoch'], hist['val_mse'], label = 'Val Error')
    plt.ylim([0, 20])
    plt.legend()
    plt.show()


plot_history(history)
```

可视化训练过程，结果如图 5-8 所示。

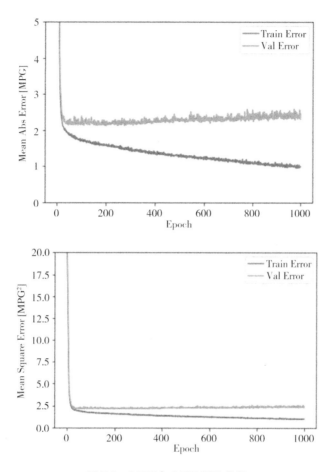

图 5-8　MAE 与 MSE 训练曲线

（14）提前停止

图 5-8 显示在约 80 个 Epoch 之后误差非但没有改进，反而出现恶化。因此可以更新 model. fit 调用，当验证值没有提高时，自动停止训练。具体的作法就是：使用一个 EarlyStopping callback 来测试每个 Epoch 的训练条件。如果经过一定数量的 Epoch 后没有改进，就自动停止训练。早停训练代码如下：

```
model = build_model( )
# patience 值用来检查改进 Epoch 的数量
early_stop = keras. callbacks. EarlyStopping( monitor = 'val_loss', patience = 10)
history = model. fit( normed_train_data, train_labels, epochs = EPOCHS, validation_split = 0. 2, verbose = 0, callbacks = [ early_stop, PrintDot( ) ])
plot_history( history)
```

早停 MAE 与 MSE 的训练曲线如图 5-9 所示。

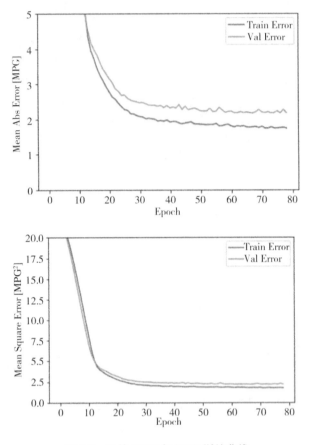

图 5-9　早停 MAE 与 MSE 训练曲线

从图 5-9 可以发现：加了 EarlyStopping callback 后，模型提前停止训练了，在训练到 50 个 Epoch 左右时，误差就没有再缩小，从而提前停止训练。

（15）模型测试

以上是训练和验证时的模型性能，下面使用测试数据集对模型进行测试，测试模型的泛化能力。

```
# 平均预测误差
loss, mae, mse = model. evaluate( normed_test_data, test_labels, verbose = 2)
print( "Testing set Mean Abs Error：{ :5. 2f}  MPG". format( mae))
```

预测输出结果：

```
78/78 - 0s - loss：5. 9694 - mae：1. 9440 - mse：5. 9694
Testing set Mean Abs Error：1. 94 MPG
```

（16）预测 MPG 值

使用测试数据集数据预测 MPG 值。

```
test_predictions = model. predict( normed_test_data). flatten( )
plt. scatter( test_labels, test_predictions)
plt. xlabel('True Values[ MPG]')
plt. ylabel( 'Predictions[ MPG]')
plt. axis('equal')
plt. axis('square')
plt. xlim( [0, plt. xlim( )[1]])
plt. ylim( [0, plt. ylim( )[1]])
_ = plt. plot( [ -100, 100], [ -100, 100])
```

MPG 回归线如图 5-10 所示。

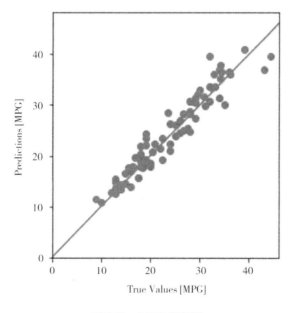

**图 5-10　MPG 回归线**

（17）查看误差分布

```
error = test_predictions - test_labels
plt. hist( error, bins = 25)
plt. xlabel( "Prediction Error[ MPG]")
_ = plt. ylabel( "Count")
```

误差分布直方图如图 5-11 所示。

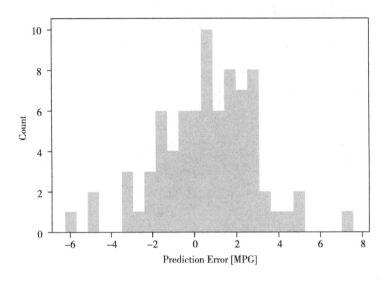

图 5-11　误差分布直方图

由图 5-11 可见，它不是完全的高斯分布，可以推断出这是样本的数量很小所导致的。

小结：

本案例介绍了一些处理回归问题的技术：

1）均方误差（MSE）是用于回归问题的常见损失函数（分类问题中使用不同的损失函数）。

2）类似的，用于回归的评估指标与分类不同。常见的回归指标是平均绝对误差（MAE）。

3）当数字输入数据特征的值存在不同范围时，每个特征应独立缩放到相同范围。

4）如果训练数据不多，一种方法是选择隐藏层较少的小网络，以避免过度拟合。

5）早期停止是一种防止过度拟合的有效技术。

# 5.4　过拟合与欠拟合

对于深度学习或机器学习模型来说，不仅要求它对训练数据集有很好的拟合，还要求它可以对未知数据集（测试集）有很好的拟合结果（泛化能力），所产生的测试误差被称为泛化误差。度量泛化能力的好坏，最直观的表现就是模型的过拟合（overfitting）和欠拟合（underfitting）。过拟合和欠拟合是用于描述模型在训练过程中的两种状态，如图 5-12 所示。

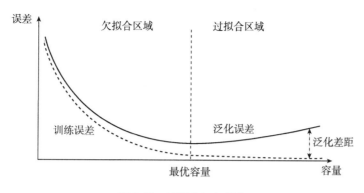

图 5-12　过拟合与欠拟合

### 1. 过拟合

（1）过拟合概念

过拟合是指训练误差和测试误差之间的差距太大。换句话说，就是模型复杂度高于实际问题，模型在训练集上表现很好，但在测试集上却表现很差。模型学习到了一些训练集中的不适用于测试集的性质或特点，比如噪声，模型的泛化能力差。

（2）过拟合出现的原因

训练数据集样本单一、样本不足。如果训练样本只有负样本，然后拿生成的模型去预测正样本，则会预测不准。所以训练样本要尽可能全面，覆盖所有的数据类型。

训练数据中噪声干扰过大。噪声指训练数据中的干扰数据。过多的干扰会导致记录了很多噪声特征，忽略了真实输入和输出之间的关系。

模型过于复杂。模型太复杂，已经能够"死记硬背"记下了训练数据的信息，但是遇到没有见过的数据的时候不能够变通，泛化能力太差。好的模型应对不同的模型都有稳定的输出，模型太复杂是过拟合的重要因素。

### 2. 欠拟合

欠拟合是指模型不能在训练集上获得足够低的误差。换句话说，就是模型复杂度低，模型在训练集上就表现很差，没法学习到数据背后的规律。

欠拟合基本上都会发生在训练刚开始的时候，经过不断训练之后会避免欠拟合问题。如果随着训练的进行，模型仍然存在欠拟合问题，那么可以通过增加网络复杂度或者在模型中增加特征等方法来解决欠拟合问题。

# 5.5　过拟合的解决办法

## 1. 获取更多数据

解决过拟合根本性的办法是使用更多的数据训练网络模型。收集更多的数据样本是所有数据科学任务的第一步，使用大量的数据训练的模型准确率更高，这样也就能降低发生过拟合的概率。

在实际问题中，拥有的数据量是有限的，可以通过数据增强的办法扩充数据集。通过增加训练集的额外副本来增加训练集的大小，进而改进模型的泛化能力。常用的数据增强方法有旋转、缩放、随机裁剪、加入随机噪声、平移、镜像等。

## 2. 采用合适的模型

采用合适的模型即控制模型的复杂度，因为过于复杂的模型会带来过拟合问题。

移除特征能够降低模型的复杂性，并且在一定程度上避免噪声，使模型更高效。为了降低复杂度，可以移除层或减少神经元数量，使网络变小。

对于模型的设计，目前公认的一个深度学习规律是 "deeper is better"。即层数越多效果越好，但是也更容易产生过拟合，并且计算所耗费的时间也越长。

在同样能够解释已知观测现象的假设中，应该挑选 "最简单" 的那一个。对于模型的设计而言，应该选择简单、合适的模型解决复杂的问题。

## 3. L1 正则化和 L2 正则化

为了减少或者避免在训练中出现过拟合现象，通常在原始的损失函数之后附加上正则项，通常使用的正则项有两种：L1 正则化和 L2 正则化。

L1 正则化和 L2 正则化都可以看作损失函数的惩罚项，所谓惩罚项是指对损失函数中的一些参数进行限制，让参数在某一范围内进行取值。

L1 正则化项是指权重向量 $w$ 中各元素的绝对值之和，表示为 $\parallel w \parallel_1$，L1 正则化损失函数为：

$$\min \frac{1}{2m} \sum_{i=1}^{m} (f(x) - y^i)^2 + \lambda \parallel w \parallel_1$$

L2 正则化项是指权重向量 $w$ 中各元素的平方和，表示为 $\parallel w \parallel_2^2$，L2 正则化损失函数为：

$$\min \frac{1}{2m} \sum_{i=1}^{m} (f(x) - y^i)^2 + \lambda \parallel w \parallel_2^2$$

其中，$m$ 为样本数，$\lambda$ 为正则化项系数。

### 4. Dropout

Dropout 是 2012 年推出的一种避免过度拟合的技术，随后被应用于 2012 年的大规模视觉识别挑战赛，该挑战赛彻底改变了深度学习研究。原始方法是在每次训练迭代期间以 0.5 的概率省略神经网络中的每个神经元，在测试期间包含所有神经元。该技术被证明可以显著提高各种任务的结果。Dropout 的原理是在训练过程中以一定的概率使神经元失活，也就是输出等于 0。从而提高模型的泛化能力，减少过拟合。神经网络加入 Dropout 前后的结构对比如图 5-13 所示。

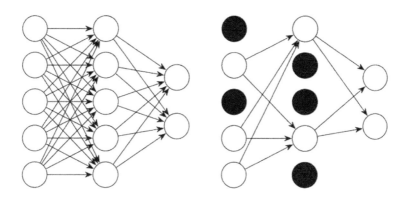

**图 5-13　加入 Dropout 前后的结构对比**

### 5. Early Stop

Early Stop 的概念非常简单，在一般训练中，经常由于过拟合导致在训练集上的效果好，而在测试集上的效果非常差。因此可以让训练提前停止，在测试集上达到最好的效果时就停止训练，而不是等到在训练集上饱和才停止，这个操作就叫作 Early Stop，如图 5-14 所示。

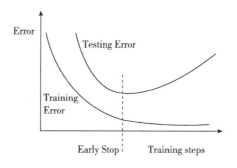

**图 5-14　Early Stop**

# 5.6　实战案例——房价预测模型搭建

## 1. 案例目标

·掌握使用神经网络构建回归模型的方法。

·掌握 Pandas 数据读取、处理及可视化方法。

·掌握数据集预处理及划分方法。

·掌握回调函数的创建及 TensorBoard 可视化工具。

·理解模型过拟合含义及处理方法。

## 2. 案例分析

本案例为"房价预测",通过构建神经网络模型来预测房屋的价格。网络模型的输入为房屋的信息,例如面积、楼层或房龄等信息,通过对这些输入信息的分析,预测房屋价格。本案例通过采用相应的技巧,防止模型过拟合,进一步理解过拟合问题;本案例通过构建回调函数,调用 TensorBoard 工具可视化训练过程。本案例使用的数据集为"House Sales in King County,USA"数据集。此数据集共有 21 613 笔房屋数据,每一笔数据有 21 个不同的信息。

## 3. 环境配置

Windows 10

TensorFlow 2.3.0

Keras 2.3.1

Pandas 1.5.0

Numpy 1.22.0

Matplotlib 3.3.2

## 4. 案例实施

1) 导入 TensorFlow、Numpy、Pandas、Matplotlib 库。

```
import os
import numpy as np
import pandas as pd
import tensorflow as tf
```

```
import matplotlib. pyplot as plt
from tensorflow import keras
from tensorflow. keras import layers
```

2）调用 Pandas 中的函数 read_csv( )函数，读取数据，并展示数据的形状。

```
# 读取数据
data = pd. read_csv('kc_house_data. csv')
# 显示数据形状,共有 21613 组数据,每组数据有 21 个不同维度的信息
data. shape
```

输出结果：

```
(21613, 21)
```

3）显示数据文件的前5行。

```
# 将显示列数设置为 25
pd. options. display. max_columns = 25
# head( )默认显示数据的前 5 行
data. head(5)
```

数据集输出结果部分如图 5-15 所示。

| | id | date | price | bedrooms | bathrooms | sqft_living | sqft_lot | floors | waterfront | \ |
|---|---|---|---|---|---|---|---|---|---|---|
| **0** | 7129300520 | 20141013T000000 | 221900.0 | 3 | 1.00 | 1180 | 5650 | 1.0 | 0 | |
| **1** | 6414100192 | 20141209T000000 | 538000.0 | 3 | 2.25 | 2570 | 7242 | 2.0 | 0 | |
| **2** | 5631500400 | 20150225T000000 | 180000.0 | 2 | 1.00 | 770 | 10000 | 1.0 | 0 | |
| **3** | 2487200875 | 20141209T000000 | 604000.0 | 4 | 3.00 | 1960 | 5000 | 1.0 | 0 | |
| **4** | 1954400510 | 20150218T000000 | 510000.0 | 3 | 2.00 | 1680 | 8080 | 1.0 | 0 | |

**图 5-15　数据集输出结果**

```
# 查看每列数据的数据类型
data. dtypes
```

数据类型输出结果如图 5-16 所示。

```
Out[4]:  id                int64
         date              object
         price             float64
         bedrooms          int64
         bathrooms         float64
         sqft_living       int64
         sqft_lot          int64
         floors            float64
         waterfront        int64
         view              int64
         condition         int64
         grade             int64
         sqft_above        int64
         sqft_basement     int64
         yr_built          int64
         yr_renovated      int64
         zipcode           int64
         lat               float64
         long              float64
         sqft_living15     int64
         sqft_lot15        int64
         dtype: object
```

**图 5-16　数据类型输出结果**

4）使用切片的方法将 data 列的数据拆分成年、月、日，并使用 Pandas 的 to_numeric( ) 将数据转换为数值类型。

```
# 将日期列数据拆分成年、月、日,slice(start, stop)为切片
data['year'] = pd. to_numeric(data['date']. str. slice(0, 4))
data['month'] = pd. to_numeric(data['date']. str. slice(4, 6))
data['day'] = pd. to_numeric(data['date']. str. slice(6, 8))
# 删除没有用的 id 列的数据和 date 列的数据,将更新后的数据再存到 data 中
data. drop(['id'], axis = 'columns', inplace = True)
data. drop(['date'], axis = 'columns', inplace = True)
# 展示处理后的数据
data. head()
```

处理后的数据输出结果如图 5-17 所示。

| | price | bedrooms | bathrooms | sqft_living | sqft_lot | floors | waterfront | view | condition | |
|---|---|---|---|---|---|---|---|---|---|---|
| 0 | 221900.0 | 3 | 1.00 | 1180 | 5650 | 1.0 | 0 | 0 | 3 | |
| 1 | 538000.0 | 3 | 2.25 | 2570 | 7242 | 2.0 | 0 | 0 | 3 | |
| 2 | 180000.0 | 2 | 1.00 | 770 | 10000 | 1.0 | 0 | 0 | 3 | |
| 3 | 604000.0 | 4 | 3.00 | 1960 | 5000 | 1.0 | 0 | 0 | 5 | |
| 4 | 510000.0 | 3 | 2.00 | 1680 | 8080 | 1.0 | 0 | 0 | 3 | |

**图 5-17　处理后的数据输出结果**

5）使用 Numpy 的 permutation( ) 函数生成一组与 data 数量相同的随机索引数，并将随机索引数以 6：6：2 的比例分割成训练索引数、验证索引数、测试索引数。

```
# 获取 data 数据的数量，即 21613 组
data_num = data. shape[0]
print(data_num)
# 取出与 data_num 相同的一组随机索引数
indexes = np. random. permutation(data_num)
# 将随机索引数 indexes 划分给 train、validation、test
train_indexes = indexes[ : int(data_num * 0.6)]
val_indexes = indexes[int(data_num * 0.6) : int(data_num * 0.8)]
test_indexes = indexes[int(data_num * 0.8) : ]
# 通过各自的索引值从 data 中拿出数据
train_data = data. loc[train_indexes]
val_data = data. loc[val_indexes]
test_data = data. loc[test_indexes]
```

6）归一化数据计算公式：$y = (x - mean)/std$，其中，$mean$ 为平均值、$std$ 为标准差。使用归一化方法对训练集 train_data 和验证集 val_data 进行归一化。

```
# 将训练数据和验证数据整合，然后归一化
train_validation_data = pd. concat([train_data, val_data])
mean = train_validation_data. mean( )
std = train_validation_data. std( )
```

```
train_data = (train_data − mean)/ std
val_data = (val_data − mean)/ std
train_data. head()
```

归一化后的数据如图 5-18 所示。

| | price | bedrooms | bathrooms | sqft_living | sqft_lot | floors | waterfront |
|---|---|---|---|---|---|---|---|
| 17291 | 0.236918 | 0.670604 | 0.501143 | 0.206991 | -0.089322 | -0.916057 | -0.086698 |
| 18245 | -0.174532 | -0.396168 | 0.501143 | -0.700790 | -0.279306 | 0.933062 | -0.086698 |
| 7164 | -0.647050 | -1.462939 | -0.799531 | -1.028903 | -0.300636 | 0.933062 | -0.086698 |
| 15050 | 0.245484 | 0.670604 | -0.149194 | 0.217928 | -0.225486 | -0.916057 | -0.086698 |
| 4990 | 0.029950 | -0.396168 | -0.474362 | -0.449236 | -0.106733 | -0.916057 | -0.086698 |

图 5-18　归一化后的数据

```
# 将数据转换成 Numpy 格式的多维数组
# 获取训练数据,要将 price 列删掉
x_train = np. array(train_data. drop('price', axis = 'columns'))
# 将删掉的 price 列作为训练数据的标签
y_train = np. array(train_data['price'])
# 获取验证数据,要将 price 列删掉
x_val = np. array(val_data. drop('price', axis = 'columns'))
# 将删掉的 price 列作为训练数据的标签
y_val = np. array(val_data['price'])
x_train. shape
```

7）使用顺序模型方法构建一个全连接神经网络,并打印出模型结构。

```
#搭建三层的全连接神经网络,将模型命名为'model − 1'
model = keras. Sequential(name = 'model − 1')
model. add(layers. Dense(64, activation = 'relu', input_shape = (21,)))
model. add(layers. Dense(64, activation = 'relu'))
model. add(layers. Dense(1))
```

8）编译模型。

```
# 使用的损失函数为均方误差（MSE），回归问题中另一种常用损失函数为平均绝对误差（MSE）
# 评估指标使用 MAE
model. compile( optimizer = keras. optimizers. Adam( 0. 001) ,
                loss = keras. losses. MeanSquaredError( ) ,
                metrics = keras. metrics. MeanAbsoluteError( ) )
# 创建存储模型的目录
model_dir = '. /lab2 - logs/models/'
# os. makedirs( model_dir)
```

9）创建回调函数，记录训练数据为 TensorBoard 文件，并保存训练过程中最优模型到指定文件夹中。

```
# 设置回调函数存储最优模型
log_dir = os. path. join( 'lab2 - logs', 'model - 1')
model_cbk = keras. callbacks. TensorBoard( log_dir = log_dir)
model_mckp = keras. callbacks. ModelCheckpoint( model_dir + '/Best - model - 1. h5',
                        monitor = 'val_mean_absolute_error',
                        save_best_only = True,
                        mode = 'min')
```

10）对模型进行训练 100 代，每代训练完成显示验证结果，调用两个回调函数。

```
history = model. fit( x_train, y_train, batch_size = 64, epochs = 100, validation_data = ( x_val, y_val), callbacks = [ model_cbk, model_mckp] )
```

11）绘制训练曲线可视化训练过程。

```
history. history. keys( )
# 绘制 loss 曲线
plt. plot( history. history[ 'loss'] , label = 'train loss')
plt. plot( history. history[ 'val_loss'] , label = 'validation loss')
plt. xlabel( 'Epochs')
plt. ylabel( 'Loss')
plt. legend( loc = 'upper right')
```

损失曲线如图 5-19 所示。

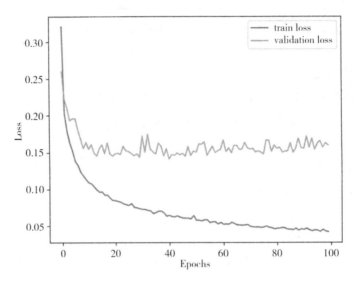

图 5-19　损失曲线

```
# 绘制 MAE 曲线
plt.plot(history.history['mean_absolute_error'], label = 'train MAE')
plt.plot(history.history['val_mean_absolute_error'], label = 'validation MAE')
plt.xlabel('Epochs')
plt.ylabel('Loss')
plt.legend(loc = 'upper right')
```

MAE 指标曲线如图 5-20 所示。

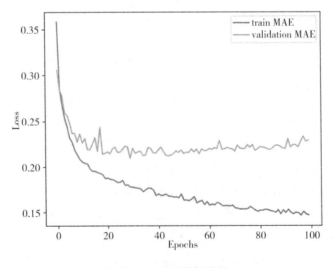

图 5-20　MAE 指标曲线

通过绘制的训练曲线可以看出，产生了过拟合。过拟合是指训练的网络模型在验证集上性能很差，训练集上性能很好。产生过拟合的原因是：模型复杂或数据太少。减少过拟合的方法：缩减模型大小；加入权重正则化：L1 正则化和 L2 正则化；加入 Dropout；增加数据量。下面就使用其中三种方法来解决过拟合问题。

12）缩减模型大小。使用缩减模型大小的方法降低模型的复杂度，这里在第一个模型 model-1 的基础上，改变前两层全连接神经元的个数，其他保持不变，以此构建模型 model-2，下面的代码展示了搭建模型、编译模型、创建回调函数并训练 model-2 的过程。

```
model_2 = keras. Sequential( name = 'model-2')
model_2. add( layers. Dense( 16, activation = 'relu', input_shape = (21,)))
model_2. add( layers. Dense( 16, activation = 'relu'))
model_2. add( layers. Dense( 1))
model_2. compile ( optimizer = keras. optimizers. Adam ( 0. 001 ), loss = keras. losses.
MeanSquaredError(), metrics = keras. metrics. MeanAbsoluteError())
log_dir = os. path. join( 'lab2-logs', 'model-2')
model_cbk = keras. callbacks. TensorBoard( log_dir = log_dir)
model_mckp = keras. callbacks. ModelCheckpoint( model_dir + '/Best-model-2. h5', monitor
= 'val_mean_absolute_error', save_best_only = True, mode = 'min')
model_2. fit( x_train, y_train, batch_size = 64, epochs = 100, validation_data = ( x_val,
y_val), callbacks = [ model_cbk, model_mckp])
```

13）加入权重正则化。使用加入 L2 权重正则化的方法，对全连接层权重参数进行限制，这里在第一个模型 model-1 的基础上，在前两个全连接层中加入权重正则化参数，其他保持不变，以此构建模型 model-3。下面的代码展示了搭建模型、编译模型、创建回调函数并训练 model-3 的过程。

```
model_3 = keras. Sequential( name = 'model-3')
model_3. add( layers. Dense( 64, kernel_regularizer = keras. regularizers. l2( 0. 001 ), activa-
tion = 'relu', input_shape = (21,)))
model_3. add( layers. Dense( 64, kernel_regularizer = keras. regularizers. l2( 0. 001 ), activa-
tion = 'relu'))
model_3. add( layers. Dense( 1))
model_3. compile ( optimizer = keras. optimizers. Adam ( 0. 001 ), loss = keras. losses.
MeanSquaredError(), metrics = keras. metrics. MeanAbsoluteError())
```

```
log_dir = os. path. join('lab2-logs', 'model-3')
model_cbk = keras. callbacks. TensorBoard(log_dir = log_dir)
model_mckp = keras. callbacks. ModelCheckpoint(model_dir + '/Best-model-3. h5', mo-
nitor = 'val_mean_absolute_error', save_best_only = True, mode = 'min')
model_3. fit(x_train, y_train, batch_size = 64, epochs = 100, validation_data = (x_
val, y_val), callbacks = [model_cbk, model_mckp])
```

14）加入 Dropout。使用加入 Dropout 的方法，以一定概率使全连接神经网络的神经元失活，这里在第一个模型 model-1 的基础上，在前两个全连接层后使用 Dropout，并设置失活率参数为 0.3，其他保持不变，以此构建模型 model-4，下面的代码展示了搭建模型、编译模型、创建回调函数并训练 model-4 的过程。

```
model_4 = keras. Sequential(name = 'model-4')
model_4. add(layers. Dense(64, activation = 'relu', input_shape = (21,)))
model_4. add(layers. Dropout(0. 3))
model_4. add(layers. Dense(64, activation = 'relu'))
model_4. add(layers. Dropout(0. 3))
model_4. add(layers. Dense(1))
model_4. compile(optimizer = keras. optimizers. Adam(0. 001), loss = keras. losses.
MeanSquaredError(), metrics = keras. metrics. MeanAbsoluteError())
log_dir = os. path. join('lab2-logs', 'model-4')
model_cbk = keras. callbacks. TensorBoard(log_dir = log_dir)
model_mckp = keras. callbacks. ModelCheckpoint(model_dir + '/Best-model-4. h5', monitor =
'val_mean_absolute_error', save_best_only = True, mode = 'min')
model_4. fit(x_train, y_train, batch_size = 64, epochs = 100, validation_data = (x_val,
y_val), callbacks = [model_cbk, model_mckp])
```

15）模型测试。模型训练好之后，加载保存的最优模型，使用测试集测试模型的性能，计算模型的误差百分比，这里误差百分比越小，代表模型的性能越好。

```
# 用测试数据预测房屋价格,并将预测结果与标签对比,计算误差百分比
# 加载训练好的模型
model. load_weights('lab2-logs/models/Best-model-1. h5')
```

```
# 将 price 列拿出来作为标签
y_test = np. array(test_data['price'])
# 对测试数据归一化
test_data = (test_data-mean)/ std
# 删掉 price 列
x_test = np. array(test_data. drop('price', axis = 'columns'))
# 使用 model 对测试数据预测
y_pred = model. predict(x_test)
y_pred = np. reshape(y_pred * std['price'] + mean['price'], y_test. shape)
# 计算平均误差百分比
percentage_error = np. mean(np. abs(y_test-y_pred))/ np. mean(y_test) * 100
print('Model-1 percentage error：{:. 2f}% '. format(percentage_error))
```

第 1 个模型误差百分比如下：

```
136/136[ = = = = = = = = = = = = = = = = = ] -0s 2ms/step
Model-1 percentage error：13. 48%
# 缩减模型测试
model_2. load_weights('lab2-logs/models/Best-model-2. h5')
y_pred = model_2. predict(x_test)
y_pred = np. reshape(y_pred * std['price'] + mean['price'], y_test. shape)
# 计算平均误差百分比
percentage_error = np. mean(np. abs(y_test-y_pred))/ np. mean(y_test) * 100
print('Model-2 percentage error：{:. 2f}% '. format(percentage_error))
```

第 2 个模型误差百分比如下：

```
136/136[ = = = = = = = = = = = = = = = = = ] -0s 2ms/step
Model-2 percentage error：13. 67%
# 加入权重正则化模型测试
model_3. load_weights('lab2-logs/models/Best-model-3. h5')
y_pred = model_3. predict(x_test)
y_pred = np. reshape(y_pred * std['price'] + mean['price'], y_test. shape)
```

```
# 计算平均误差百分比
percentage_error = np. mean( np. abs( y_test-y_pred) )/ np. mean( y_test) * 100
print( 'Model-3 percentage error：{:. 2f}% '. format( percentage_error) )
```

第 3 个模型误差百分比如下：

```
136/136[ = = = = = = = = = = = = = = = = = = = ] -0s 2ms/step
Model-3 percentage error：12. 44%
# 加入 Dropout 模型测试
model_4. load_weights( 'lab2-logs/models/Best-model-4. h5')
y_pred = model_4. predict( x_test)
y_pred = np. reshape( y_pred * std['price'] + mean['price'], y_test. shape)
# 计算平均误差百分比
percentage_error = np. mean( np. abs( y_test-y_pred) )/ np. mean( y_test) * 100
print( 'Model-4 percentage error：{:. 2f}% '. format( percentage_error) )
```

第 4 个模型误差百分比如下：

```
136/136[ = = = = = = = = = = = = = = = = = = = ] -0s 2ms/step
Model-4 percentage error：13. 47%
```

前面的网络模型在训练时加入了 TensorBoard 回调函数（Callback Function），这个函数会记录训练过程的损失值和模型评估指标值，并存成 TensorBoard 可解释的文件。调用 TensorBoard 可视化工具，就可以对训练数据以曲线的形式可视化。使用 TensorBoard 打开记录文件的方法有两种，这里直接在 Jupyter Notebook 上执行代码并展示可视化曲线。TensorBoard 可视化相比于使用 Matplotlib 可视化，有优点也有缺点。

TensorBoard 记录的优缺点：

优点：训练期间可以实时看到训练的记录信息，不必等到训练全部完成。

缺点：训练期间会多次写入记录文件，如果要求记大量信息，则会增加训练时间。

下面使用代码加载 TensorBoard 扩展到 Jupyter Notebook，并显示训练曲线。

```
load_ext tensorboard
tensorboard -- logdir 'lab2-logs'
```

TensorBoard 可视化结果如图 5-21 所示。

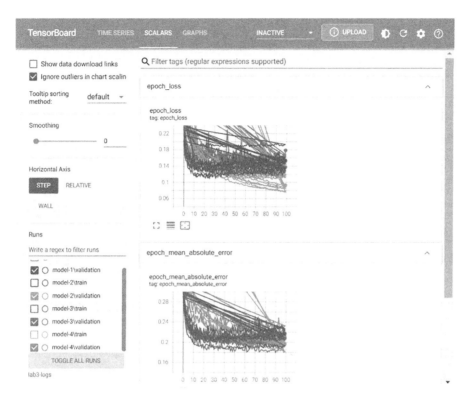

图 5-21　TensorBoard 可视化结果

# 单元小结

　　本单元主要介绍了回归问题的基本概念和原理，通过汽车燃油效率预测和房价预测模型搭建两个案例，掌握了使用 Keras 框架搭建神经网络，实现回归模型的创建。本单元还介绍了回归问题使用的损失函数和模型评估指标。与前面的可视化方法不同，本单元使用回调函数的方法记录训练过程数据，使用 TensorBoard 可视化训练结果，该方法相对于其他可视化工具能够实时展示训练曲线。

# 课后习题

**一、填空题**

1. 在机器学习中，_____是一种有监督学习，主要是发现变量之间的相关性，确定变量间的关系式，从而预测输出的变量值。

2. 回归问题包括_____和_____。

3. 回归用于预测_____和_____之间的关系，回归模型正是表示从输入变量到输出变量之间映射的函数。

4. 机器学习的所有算法都需要最大化或者最小化目标函数，在最小化场景下，目标函数又称_____。

5. 平均绝对误差（Mean Absolute Error，MAE），又称 L1 损失，用于评估预测结果和真实数据集的接近程度，其值越小说明拟合效果越_____。

6. 度量泛化能力的好坏，最直观的表现就是模型的_____和_____。

**二、单选题**

1. 欠拟合是指模型不能在训练集上取得足够多的（     ）。

A. 误差          B. 准确率          C. 召回率          D. 均方差

2. 当模型的训练误差和测试误差之间的差距太大，称此时模型发生了（     ）。

A. 欠拟合          B. 过拟合          C. 精确率          D. 准确率

3. （     ）又称 L2 损失，该指标计算的是拟合数据和原始数据对应样本点的误差的平方和的均值，其值越小说明拟合效果越好。

A. 均方误差          B. 标准误差          C. 损耗误差          D. 对比误差

**三、判断题**

1. 一元线性回归是回归问题中最为简单的回归问题。                    （     ）

2. 目标变量的影响因素可以是连续值也可以是离散值，自变量和目标变量之间的关系称为模型。                                                （     ）

**四、简答题**

1. 简述损失函数的作用，并列举回归问题中常用的损失函数。

2. 简述过拟合和欠拟合的区别以及对应的解决办法。

**五、操作题**

使用 Keras 框架，自定义或下载数据集，完成简单线性回归模型搭建。

# Unit 6

# 单元概述

图像分类在单元 1 中有相应的介绍，本单元就来具体学习图像分类的相关内容。图像分类是将整幅图像分类为单个标签。例如，如果给定的图像是狗或猫，图像分类就可以将图像标记为狗或猫。本单元将介绍如何使用 TensorFlow 和 Keras 框架来建立这样的图像分类模型，并学习提高分类准确率的技术。图像分类的目标就是将不同图片划分到不同类别，实现最小的分类误差。

# 学习目标

知识目标
- 掌握分类问题的概念和基本原理。
- 掌握常用的图像分类数据集。
- 掌握图像分类模型搭建方法。

能力目标
- 能够独立构建图像分类问题模型。

素质目标
- 培养学生理论联系实际的能力和自主探究能力。

## 6.1　图像分类的应用

图像分类是以一定的可信度用一个对象或概念对整幅图像打标签的任务。它的应用包括根据给定人脸图像进行性别分类、识别宠物类型、标记照片等。如图 6-1 所示，给定输入图像，图像分类模型就是输出该图像所属的类别的概率或置信度，选取最大的概率作为图像所属的类别。

图像分类技术是计算机视觉中的基本问题，是目标检测、图像分割、物体追踪等视觉任务的基础。图像分类有广泛的应用，如网盘图片自动分类、卡片类别识别、动植物识别等。

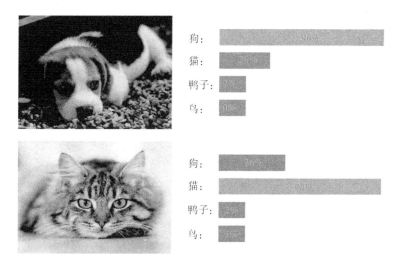

图6-1 猫狗图像分类

# 6.2 图像分类面临的挑战

图像分类问题受各种因素的影响，模型的性能主要面临以下几种挑战：

1）类内变化：类内变化是同一类图像之间的差异。

2）比例变化：同一对象的图像具有多种大小，且可能大小差异很大。

3）视点变化：视点变化即相对于如何在图像中拍摄和捕获对象。

4）遮挡：图像中分类对象无法完全查看，很大一部分隐藏在其他对象的后面。

5）光照条件：由于照明强度不同，在图像中像素的强度级别也有所不同。

6）背景：如果图中有很多对象，找到特定对象非常困难。

# 6.3 图像分类的方法

按照图像分类的发展过程划分，图像分类可以分为传统图像分类和深度学习图像分类。

（1）传统图像分类

传统的图像分类方法有很多，如使用近邻分类器（Nearest Neighbor Classifier），将测试图片与训练集中的每个图片去对比，将差别最小的类别标签作为预测结果。即将两张图片的像素矩阵相减，得出插值矩阵求值。

（2）深度学习图像分类

图像分类从传统方法到基于深度学习的方法，得益于计算机算力的提升。LeNet-5 是使用深度学习方法处理图像分类的卷积神经网络。又随着 ImageNet 数据集分类大赛的举办，出现了大量的高性能图像分类模型，如 AlexNet、GoogleNet、VGGNet、ResNet 等。

# 6.4　图像二分类

图像分类分为二分类和多分类，二分类问题是最常见的分类，样本数据只有两个类别，多分类问题指的是样本数据有多个类别。

二分类（Binary Classification）是应用最广泛的机器学习问题，它指的是所有数据的标签只有两种，正面或者负面。比如电影评论文本分类、垃圾邮件分类、猫狗图像分类等。

二分类模型常用的模型评价指标有准确率、精确率、召回率等。

## 1. 准确率

准确率是最常用的评价分类问题的性能指标，其定义是对于给定的数据，分类正确的样本个数占总的样本个数的比例。计算公式如下：

$$准确率 = \frac{分类正确的样本个数}{总的样本个数}$$

使用准确率作为模型的评估指标具有一定的缺点，对于数据不均衡的数据集，使用准确率评估模型的性能会缺少一定的说服力。比如一个数据集，有 990 个正样本，10 个负样本，如果模型把样本都预测成正样本，那么模型的准确率是 99%，从计算上看是没问题的，但是当样本不均衡时，只使用准确率来评价一个模型的好坏是不够的。

## 2. 精确率和召回率

对于二分类问题常用的评价指标是精确率和召回率。通常以关注的类为正类，其他类为负类，分类器在数据集上的预测或者正确或者不正确，共有 4 种情况，在混淆矩阵中表示如图 6-2 所示。

| | | 实际 | |
|---|---|---|---|
| | | 1 | 0 |
| 预测 | 1 | TP | FP |
| | 0 | FN | TN |

图 6-2　混淆矩阵

其中，P（Positive）代表正例，表示为1；N（Negative）代表负例，表示为0；T（True）代表预测正确；F（False）代表预测错误。

二分类问题的预测结果可以分成以下4类：

真正例（TP）：预测值为1，真实值为1。

假正例（FP）：预测值为1，真实值为0。

真反例（TN）：预测值为0，真实值为0。

假反例（FN）：预测值为0，真实值为1。

接下来计算精确率，精确率（Precision）表示分类正确的正样本个数（TP）占分类器判定为正样本的样本个数（TP + FP）的比例，公式如下：

$$Precision = \frac{TP}{TP + FP} = \frac{分类正确的正样本个数}{判定为正样本的样本个数}$$

召回率（Recall）是指分类正确的正样本个数（TP）占所有真正的正样本个数（TP + FN）的比例，公式如下：

$$Recall = \frac{TP}{TP + FN} = \frac{分类正确的正样本个数}{所有真正的正样本个数}$$

每个评价指标都有其价值，但如果只从单一的评价指标出发去评估模型，往往会得出片面甚至错误的结论。只有通过一组互补的指标去评估模型，才能更好地发现并解决模型存在的问题，从而更好地解决实际业务场景中遇到的问题。

二分类问题中，常见的损失函数有负对数似然损失（neg log-likelihood loss）、交叉熵损失（cross entropy loss）、指数损失（exponential loss）等。在分类场景下，最常见的损失函数是交叉熵损失函数，二分类问题使用二分类交叉熵损失函数。在二分的情况下，模型最后需要预测的结果只有两种情况，对于每个类别预测得到的概率为 $p$ 和 $1 - p$，此时表达式为：

$$L = \frac{1}{N} \sum_i L_i = \frac{1}{N} \sum_i -[y_i \cdot \log(p_i) + (1 - y_i) \cdot \log(1 - p_i)]$$

其中，$y_i$ 表示样本 $i$ 的标签，正类为1，负类为0；$p_i$ 表示样本 $i$ 预测为正类的概率。

# 6.5 实战案例——基于卷积神经网络的猫狗图像分类

## 1. 案例目标

· 理解图像分类中的二分类问题，掌握二分类模型的搭建方法。

· 掌握卷积神经网络的原理及实现方法。

· 熟悉数据的加载以及从文件中生成数据集的方法。

·掌握使用 Matplotlib 工具绘制训练曲线的方法。

·掌握常用的数据增强方法。

## 2. 案例分析

本案例使用 Keras 框架实现猫狗图像分类，属于图像二分类问题；使用 Keras 的 Sequential 方法创建模型。

本案例使用 preprocessing. image_dataset_from_directory 从图像文件中加载数据并生成数据集。

本案例从指定网址中下载猫狗图像数据，数据包含约 3000 张图像。数据集分为训练集和验证集，训练集包含 2000 张图像，其中狗 1000 张，猫 1000 张；验证集包含 1000 张图像，其中狗 500 张，猫 500 张。

由于图像大小不统一，在数据处理时，需要将图像大小标准化。图 6-3 展示了训练集部分猫狗图像。

图 6-3 训练集部分猫狗图像

## 3. 环境配置

Windows 10

TensorFlow 2. 10. 0

Matplotlib 3. 6. 1

Numpy 1. 23. 4

## 4. 案例实施

（1）导入库

```
import tensorflow as tf
import matplotlib. pyplot as plt
```

```
import numpy as np
import os
from keras. models import Sequential
from keras. layers import Conv2D, MaxPooling2D, Dropout, Flatten, Dense
from tensorflow. keras. preprocessing import image_dataset_from_directory
```

（2）数据集预处理

```
_URL = 'https://storage. googleapis. com/mledu - datasets/cats_and_dogs_filtered. zip'
path_to_zip = tf. keras. utils. get_file('cats_and_dogs_filtered. zip', origin = _URL, extract = True)
print( path_to_zip)
PATH = os. path. join( os. path. dirname( path_to_zip) , 'cats_and_dogs_filtered')
print( PATH)
```

输出路径如下：

```
C:\Users\Administrator\. keras\datasets\cats_and_dogs_filtered. zip
C:\Users\Administrator\. keras\datasets\cats_and_dogs_filtered
# 生成训练集和验证集的路径
train_dir = os. path. join( PATH, 'train')
print( train_dir)
validation_dir = os. path. join( PATH, 'validation')
print( validation_dir)
```

输出路径如下：

```
C:\Users\Administrator\. keras\datasets\cats_and_dogs_filtered\train
C:\Users\Administrator\. keras\datasets\cats_and_dogs_filtered\validation
batch_size = 32
img_size = ( 160, 160)
# 训练集
train_dataset = image_dataset_from_directory( train_dir, shuffle = True, batch_size = batch_
size, image_size = img_size)
# 验证集
validation_dataset = image_dataset_from_directory( validation_dir, shuffle = True, batch_size =
batch_size, image_size = img_size)
```

打印出训练集和验证集，训练集包含 2 个类别的 2000 张图像，验证集包含 2 个类别的 1000 张图像。输出结果如下：

```
Found 2000 files belonging to 2 classes.
Found 1000 files belonging to 2 classes.
# 展示训练集中的图像
class_names = train_dataset. class_names
plt. figure(figsize = (5, 5))
for images, labels in train_dataset. take(1):
    for i in range(9):
        plt. subplot(3, 3, i + 1)
        plt. imshow(images[i]. numpy(). astype('uint8'))
        plt. xlabel(class_names[labels[i]])
        plt. axis('off')
plt. show()
```

输出的训练集猫狗图像如图 6-4 所示。

图6-4　输出的训练集猫狗图像

```
# 将训练集划分成测试集和验证集
val_batchs = tf. data. experimental. cardinality( validation_dataset)
print( val_batchs)
# 划分出 20% 作为测试集
test_dataset = validation_dataset. take( val_batchs // 5)
# 剩余部分作为验证集
validation_dataset = validation_dataset. skip( val_batchs // 5)
```

下面使用多线程并行化读取数据，能够提高训练过程的速度。

```
# 使用多线程并行化读取数据
AUTOTUNE = tf. data. AUTOTUNE
train_dataset = train_dataset. prefetch( buffer_size = AUTOTUNE)
validation_dataset = validation_dataset. prefetch( buffer_size = AUTOTUNE)
test_dataset = test_dataset. prefetch( buffer_size = AUTOTUNE)
```

由于数据量有限，这里采用数据增强的方法扩充数据集合。

```
# 数据增强
data_augmentation = tf. keras. Sequential( [
    tf. keras. layers. experimental. preprocessing. RandomFlip('vertical'),
    tf. keras. layers. experimental. preprocessing. RandomRotation(0. 2)
])
# 查看数据增强后的图片效果
for images, labels in train_dataset. take(1):
    plt. figure( figsize = (5, 5))
    first_image = images[0]
    for i in range(9):
        plt. subplot(3, 3, i + 1)
        augmented_image = data_augmentation( tf. expand_dims( first_image, 0))
        plt. imshow( augmented_image[0] / 255)
        plt. xlabel( class_names[ labels[ i]])
        plt. axis('off')
```

数据增强输出结果如图 6-5 所示。

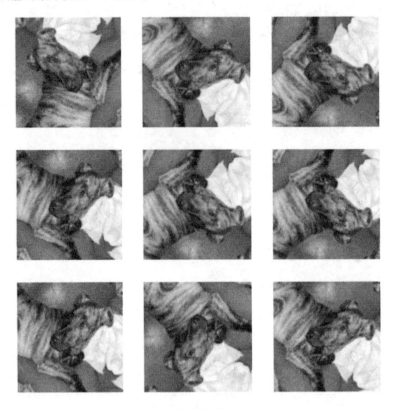

图 6-5　数据增强输出结果

（3）模型搭建

```
model = Sequential( )
model. add( Conv2D( 32, 3, activation = 'relu', input_shape = ( 160, 160, 3) ) )
model. add( MaxPooling2D( 2) )
model. add( Conv2D( 64, 3, activation = 'relu') )
model. add( MaxPooling2D( 2) )
model. add( Conv2D( 128, 3, activation = 'relu') )
model. add( MaxPooling2D( 2) )
model. add( Conv2D( 128, 3, activation = 'relu') )
model. add( MaxPooling2D( 2) )
model. add( Flatten( ) )
model. add( Dense( 64, activation = 'relu') )
model. add( Dense( 1, activation = 'sigmoid') )
model. summary( )
```

（4）编译模型

```
model. compile( optimizer = 'adam', loss = tf. keras. losses. BinaryCrossentropy( ), metrics =
'accuracy')
```

（5）训练模型

```
history = model. fit( train_dataset, epochs = 10, validation_data = validation_dataset)
```

（6）绘制训练曲线

```
acc = history. history[ 'accuracy']
val_acc = history. history[ 'val_accuracy']
loss = history. history[ 'loss']
val_loss = history. history[ 'val_loss']


plt. figure( figsize = ( 5, 5))
plt. subplot( 2, 1, 1)
plt. plot( acc, label = 'Training Accuracy')
plt. plot( val_acc, label = 'Validation Accuracy')
plt. legend( loc = 'lower right')
plt. xlabel( 'Epochs')
plt. ylabel( 'Accuracy')
plt. ylim( min( plt. ylim( )), max( plt. ylim( )))
plt. title( 'Training and Validation Accuracy')


plt. figure( figsize = ( 5, 5))
plt. subplot( 2, 1, 2)
plt. plot( loss, label = 'Training Loss')
plt. plot( val_loss, label = 'Validation Loss')
plt. legend( loc = 'lower right')
plt. xlabel( 'Epochs')
plt. ylabel( 'Accuracy')
plt. ylim( min( plt. ylim( )), max( plt. ylim( )))
plt. title( 'Training and Validation Loss')
```

绘制的训练曲线如图 6-6 所示。

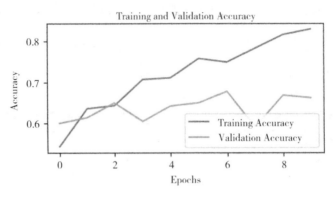

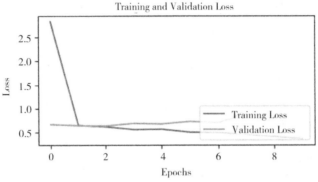

图 6-6　训练曲线

（7）评估模型

```
loss, accuracy = model. evaluate( test_dataset )
```

输出结果如下：

```
5/5[ = = = = = = = = = = = = ] - 1s 135ms/step - loss: 0. 9482 - accuracy: 0. 6750
```

最终可以看出，模型的准确率在 70% 左右。简单的神经网络对于复杂的数据集处理效果并不好，后面将会使用迁移学习的方法实现更高性能的猫狗图像分类模型。

# 6. 6　图像多分类

多分类（Multiclass Classification）表示分类任务中有多个类别，比如对一堆水果图片分类，它们可能是橘子、苹果、梨等，多分类是假设每个样本都被设置了一个且仅有一个标签。

## 1. 多分类问题激活函数

在设计多分类问题的深度网络时，最后一层网络架构通常使用 Softmax 激活函数（又称为归一化指数函数），主要是将神经网络预测的输出结果精确地用概率模型来描述，经过 Softmax 激活函数后，每个输出值都介于 0 和 1 之间，且保证所有输出值的总和为 1。

Softmax 是将输入数据转换成一种服从概率分布的数据，运算过程如图 6-7 所示。

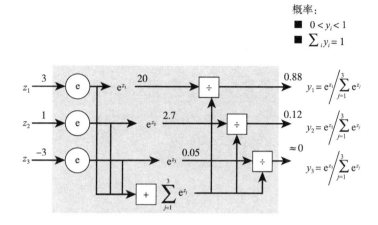

图 6-7　Softmax 运算过程

## 2. 多分类问题评估指标

多分类算法常见的评估指标和计算方式与二分类完全一样，只不过计算的是针对每一类来说的召回率、精确率、准确率。假如有一份样本量为 9、类别数为 3 的含标注结果的三分类预测样本，样本预测值与真实值如图 6-8 所示。

| 预测 | 真实 |
| --- | --- |
| A | A |
| A | A |
| B | A |
| C | A |
| B | B |
| B | B |
| C | B |
| B | C |
| C | C |

图 6-8　样本预测值与真实值

在这 9 个样本中，对于 A 类：TP = 2，FP = 0，FN = 2。那么，精确率计算公式如下：

$$Precision = \frac{TP}{TP + FP} = \frac{分类正确的正样本个数}{判定为正样本的样本个数} = \frac{2}{2 + 0} = 100\% = 1.0$$

召回率计算公式如下：

$$Recall = \frac{TP}{TP + FN} = \frac{分类正确的正样本个数}{所有真正的正样本个数} = \frac{2}{2 + 2} = 50\% = 0.5$$

### 3. 多分类问题损失函数

多分类问题是二分类的扩展，常用的损失函数是多分类交叉熵损失函数。

公式如下：

$$L = \frac{1}{N} \sum_i L_i = -\frac{1}{N} \sum_i \sum_{c=1}^{M} y_{ic} \log(p_{ic})$$

其中，$M$ 为类别的数量；$y_{ic}$ 为符号函数（0 或 1），如果样本 $i$ 的真实类别等于 $c$ 取 1，否则取 0；$p_{ic}$ 为观测样本 $i$ 属于类别 $c$ 的预测概率。

# 6.7　实战案例——基于卷积神经网络的 CIFAR-10 图像分类

### 1. 案例目标

· 理解图像分类中的多分类问题，掌握多分类模型的搭建方法。
· 掌握卷积神经网络的原理及实现方法。
· 掌握多分类模型激活函数和损失函数的使用方法。
· 掌握使用 Matplotlib 工具绘制训练曲线的方法。

### 2. 案例分析

本案例使用 Keras 框架实现 CIFAR-10 数据集图像分类，案例属于多分类问题。该数据集包含 60 000 张图像，其中训练集包含 50 000 张图像，测试集包含 10 000 张图像，共有 10 个类别：飞机、汽车、鸟、猫、鹿、狗、青蛙、马、船、卡车。图像尺寸为 32 × 32 × 3，即尺寸为 32 × 32 像素的 3 通道彩色图像。部分样本展示如图 6-9 所示。

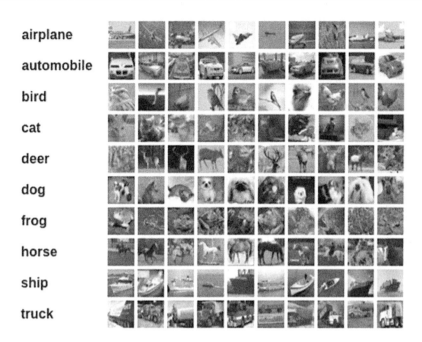

图6-9　部分样本展示

### 3. 环境配置

Windows 10

TensorFlow 2. 10. 0

Matplotlib 3. 6. 1

### 4. 案例实施

（1）定义 load_data 函数

```
def load_data(path):
    from tensorflow. python. keras. datasets. cifar import load_batch
    from tensorflow. python. keras import backend as K
    num_train_samples = 50000
    x_train = np. empty((num_train_samples, 3, 32, 32), dtype = 'uint8')
    y_train = np. empty((num_train_samples,), dtype = 'uint8')
    for i in range(1, 6):
        fpath = os. path. join(path, 'data_batch_' + str(i))
        (x_train[(i-1) * 10000 : i * 10000, :, :, :],
        y_train[(i-1) * 10000 : i * 10000]) = load_batch(fpath)
```

```
        fpath = os. path. join( path, 'test_batch')

        x_test, y_test = load_batch( fpath)

        y_train = np. reshape( y_train, ( len( y_train), 1))

        y_test = np. reshape( y_test, ( len( y_test), 1))

        if K. image_data_format( ) == 'channels_last':

            x_train = x_train. transpose( 0, 2, 3, 1)

            x_test = x_test. transpose( 0, 2, 3, 1)

        x_test = x_test. astype( x_train. dtype)

        y_test = y_test. astype( y_train. dtype)

        return( x_train, y_train), ( x_test, y_test)
```

（2）导入数据集

```
# 导入 Numpy 计算库

import numpy as np

import os

np. random. seed( 10)

# 从本地文件夹 dataset 中导入数据集

( x_img_train, y_label_train), ( x_img_test, y_label_test) = load_data( './dataset/cifar -
10 - batches - py')

# 打印出训练集和测试集的信息

print( 'train:', len( x_img_train))

print( 'test :', len( x_img_test))

print( 'train_image :', x_img_train. shape)

print( 'train_label :', y_label_train. shape)

print( 'test_image :', x_img_test. shape)

print( 'test_label :', y_label_test. shape)
```

打印出的数据集信息如图 6-10 所示。

```
train: 50000
test : 10000
train_image : (50000, 32, 32, 3)
train_label : (50000, 1)
test_image : (10000, 32, 32, 3)
test_label : (10000, 1)
```

图 6-10   数据集信息

可以查看训练集第 0 张图像的像素信息。

```
print(x_img_test[0])
```

（3）数据集可视化

```
label_dict = {0:"airplane",1:"automobile",2:"bird",3:"cat",4:"deer", 5:"dog",
6:"frog",7:"horse",8:"ship",9:"truck"}
import matplotlib. pyplot as plt
# 定义可视化函数
def plot_images_labels_prediction(images,labels,prediction,idx,num = 10):
    fig = plt. gcf()
    fig. set_size_inches(12, 14)# 控制画布图片大小
    if num >25：num =25    # 最多显示 25 张
    for i in range(0, num):
        ax = plt. subplot(5,5, 1 + i)
        ax. imshow(images[idx],cmap ='binary')
        title = str(i) +','+ label_dict[labels[i][0]]# i-th 张图片对应的类别
        if len(prediction) >0:
            title += '=>'+ label_dict[prediction[i]]
        ax. set_title(title,fontsize = 10)
        ax. set_xticks([])
        ax. set_yticks([])
        idx += 1
    plt. savefig('1. png')
    plt. show()
# 调用函数可视化训练集前 10 张图像
plot_images_labels_prediction(x_img_train,y_label_train,[],0,10)
```

图像展示结果如图 6-11 所示。

**图 6-11　图像展示结果**

（4）图像归一化

```
# 将图像像素归一化在 0 ~ 1 之间
print(x_img_train[0][0][0])#(50000,32,32,3)
x_img_train_normalize = x_img_train. astype('float32')/ 255. 0
x_img_test_normalize = x_img_test. astype('float32')/ 255. 0
print(x_img_train_normalize[0][0][0])
```

（5）标签 one-hot 编码

```
# 先打印出编码前的训练标签
print(y_label_train. shape)
print(y_label_train[ :5])
```

编码前标签如图 6-12 所示。

$$(50000,\ 1)$$
$$[[6]$$
$$[9]$$
$$[9]$$
$$[4]$$
$$[1]]$$

**图 6-12　编码前标签**

```
# 调用 Keras 中的编码函数
from keras. utils import np_utils
y_label_train_OneHot = np_utils. to_categorical( y_label_train)
y_label_test_OneHot = np_utils. to_categorical( y_label_test)
#打印出编码后的训练标签
print( y_label_train_OneHot. shape)
print( y_label_train_OneHot[ :5])
```

经过编码后的训练标签如图6-13所示。

```
(50000, 10)
[[0. 0. 0. 0. 0. 0. 1. 0. 0. 0.]
 [0. 0. 0. 0. 0. 0. 0. 0. 0. 1.]
 [0. 0. 0. 0. 0. 0. 0. 0. 0. 1.]
 [0. 0. 0. 0. 1. 0. 0. 0. 0. 0.]
 [0. 1. 0. 0. 0. 0. 0. 0. 0. 0.]]
```

**图6-13 编码后的训练标签**

（6）卷积神经网络构建

```
# 导入构建网络要用到的库
from keras. models import Sequential
from keras. layers import Dense, Dropout, Activation, Flatten
from keras. layers import Conv2D, MaxPooling2D, ZeroPadding2D
# 使用顺序模型构建网络
model = Sequential()
# 添加第 1 卷积层
model. add( Conv2D( filters = 32, kernel_size = ( 3, 3), input_shape = ( 32, 32, 3),
activation = 'relu', padding = 'same'))
# 添加 Dropout 层减少过拟合
model. add( Dropout( rate = 0. 25))
# 添加最大池化层,池化框大小为 2 × 2
model. add( MaxPooling2D( pool_size = ( 2, 2)))
# 添加第 2 卷积层
model. add( Conv2D( filters = 64, kernel_size = ( 3, 3),
                    activation = 'relu',
                    padding = 'same'))
```

```
# 添加 Dropout 层减少过拟合
model. add(Dropout(rate = 0. 25))
# 添加最大池化层,池化框大小为 2 × 2
model. add(MaxPooling2D(pool_size = (2, 2)))
# 压平层,将 64 个 8 × 8 数组转化为 1 维向量
model. add(Flatten())
# 添加 Dropout 层减少过拟合
model. add(Dropout(rate = 0. 25))
# 全连接层,将向量扩展为 1024 维度
model. add(Dense(1024, activation = 'relu'))
# 添加 Dropout 层减少过拟合
model. add(Dropout(rate = 0. 25))
# 全连接层,将输出向量变为 10 个维度,对应数据集的 10 个类别标签
model. add(Dense(10, activation = 'softmax'))
# 将构建好的模型打印出来,可以看到每个层的输出和参数大小
model. summary()
```

打印出的模型摘要如图 6-14 所示。

```
Model: "sequential"

Layer (type)                    Output Shape            Param #
=================================================================
conv2d (Conv2D)                 (None, 32, 32, 32)      896

dropout (Dropout)               (None, 32, 32, 32)      0

max_pooling2d (MaxPooling2D)    (None, 16, 16, 32)      0

conv2d_1 (Conv2D)               (None, 16, 16, 64)      18496

dropout_1 (Dropout)             (None, 16, 16, 64)      0

max_pooling2d_1 (MaxPooling2    (None, 8, 8, 64)        0

flatten (Flatten)               (None, 4096)            0

dropout_2 (Dropout)             (None, 4096)            0

dense (Dense)                   (None, 1024)            4195328

dropout_3 (Dropout)             (None, 1024)            0

dense_1 (Dense)                 (None, 10)              10250
=================================================================
Total params: 4,224,970
Trainable params: 4,224,970
Non-trainable params: 0
```

图 6-14　模型摘要

（7）网络训练

```
# 指定训练网络使用的 GPU 编号,如果没有 GPU,则默认使用 CPU 进行训练
import os
os. environ["CUDA_DEVICE_ORDER"] = "PCI_BUS_ID"
os. environ["CUDA_VISIBLE_DEVICES"] = "0"
# 设置损失函数、优化器、评估指标
model. compile(loss ='categorical_crossentropy', optimizer ='adam', metrics =['accuracy'])
# 设置训练参数
train_history = model. fit(x_img_train_normalize, y_label_train_OneHot,
                    validation_split =0. 2, # 将训练划分为训练集:验证集 =8:2
                    epochs =30, #训练代数
                    batch_size =128, # 批量大小
                    verbose =1)
```

（8）可视化训练过程

```
import matplotlib. pyplot as plt
def show_train_history(train_history, train, validation):
    plt. plot(train_history. history[train])
    plt. plot(train_history. history[validation])
    plt. title('Train History')
    plt. ylabel(train)
    plt. xlabel('Epoch')
    plt. legend(['train', 'validation'], loc ='upper left')
    plt. savefig('1. png')
    plt. show()
show_train_history(train_history,'accuracy','val_accuracy')
show_train_history(train_history,'loss','val_loss')
```

（9）模型测试

用测试集评估模型的精确率。

```
scores = model. evaluate(x_img_test_normalize, y_label_test_OneHot, verbose =1)
print('accuracy =', scores[1])
# 使用模型对测试集的前 10 张图像进行预测,输出图像类别编号
prediction = model. predict_classes(x_img_test_normalize)
prediction[:10]
```

（10）可视化预测结果

```
# 调用可视化函数,展示测试集前 10 张图像测预测结果
plot_images_labels_prediction(x_img_test,y_label_test,prediction,0,10)
```

模型预测结果如图 6-15 所示。

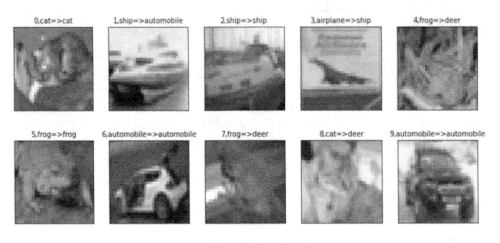

**图 6-15　模型预测结果**

（11）查看预测概率

一张图像的预测结果有 10 个，选择概率最大的作为最终预测的结果，下面查看一下一张图像的 10 个预测概率。

```
Predicted_Probability = model. predict(x_img_test_normalize)
label_dict = {0:"airplane",1:"automobile",2:"bird",3:"cat",4:"deer",
              5:"dog",6:"frog",7:"horse",8:"ship",9:"truck"}
def show_Predicted_Probability(y,prediction,x_img,Predicted_Probability,i):
    print('label:',label_dict[y[i][0]],'predict:',label_dict[prediction[i]])
    plt. figure(figsize = (2,2))
    plt. imshow(np. reshape(x_img_test[i],(32, 32,3)))
    plt. show()
    for j in range(10):
        print(label_dict[j] +' Probability:%1.9f'%(Predicted_Probability[i][j]))
    show_Predicted_Probability(y_label_test,prediction,x_img_test,Predicted_Proba-
bility,0)
```

可以查看单张图像的预测概率，如图 6-16 所示，第 0 张图像的预测概率有 10 个，最大的一个是 0.367，所以该图像最终的预测结果为 cat。

label: cat predict: cat

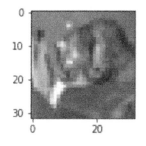

airplane Probability:0.051543564
automobile Probability:0.009442310
bird Probability:0.110255651
cat Probability:0.367631525
deer Probability:0.056363594
dog Probability:0.141585767
frog Probability:0.146035179
horse Probability:0.017225038
ship Probability:0.088281967
truck Probability:0.011635379

**图 6-16　预测概率**

# 单元小结

本单元主要介绍了分类问题的基本概念和原理，介绍了二分类和多分类问题的详细内容，并完成了猫狗图像分类和 CIFAR-10 图像分类两个案例，通过案例，掌握了使用 Keras 框架搭建神经网络，实现分类模型的创建，并认识了分类问题使用的损失函数和模型评估指标。

# 课后习题

**一、填空题**

1. 图像分类是以一定的_____用一个对象或概念对整幅图像打标签的任务。

2. 图像分类模型就是输出图像所属类别的概率或置信度，选取_____的概率判断图像所属的类别。

3. 计算机视觉中的基本任务包括：_____、目标检测、图像分割、物体追踪等。

4. 二分类模型常用的模型评价指标有_____、_____和_____。

5. 二分类问题中，常见的损失函数有_____、_____和_____。

6. 多分类问题是二分类的扩展，常用的损失函数是_____。

## 二、单选题

1. （      ）是应用最广泛的机器学习问题，它指的是所有数据的标签就只有两种，正面或者负面。

A. 多分类　　　　　　　　　　　B. 二分类

C. 一元线性分类　　　　　　　　D. 多元线性分类

2. （      ）表示分类任务的样本中有多个类别。

A. 多重分类　　　　　　　　　　B. 多分类

C. 二重分类　　　　　　　　　　D. 二分类

## 三、判断题

1. 图像分类技术是计算机视觉中重要的基本问题，是目标检测、图像分割、物体追踪等视觉任务的基础。　　　　　　　　　　　　　　　　　　　　　　　　（　　）

2. 按照图像分类的发展过程划分，图像分类可以分为传统机器学习图像分类和深度学习图像分类。　　　　　　　　　　　　　　　　　　　　　　　　　　　（　　）

3. 准确率是最常用的评价分类问题的性能指标，其定义是对于给定的数据，分类正确的样本数占总样本数的比例。　　　　　　　　　　　　　　　　　　　　（　　）

4. 对于二分类问题常用的评价指标是精确率和召回率。通常以关注的类为正类，其他类为负类。　　　　　　　　　　　　　　　　　　　　　　　　　　　（　　）

5. 召回率是指分类正确的正样本个数（TP）占真正的正样本个数（TP + FN）的比例。

　　　　　　　　　　　　　　　　　　　　　　　　　　　　　　　　　（　　）

## 四、简答题

1. 简述图像分类的发展过程和面临的挑战。

2. 简述分类模型常用的模型评价指标。

## 五、操作题

使用 Keras 搭建 ResNet18 网络完成 CIFAR-10 图像分类。

# Unit 7

## 单元7
## 迁移学习

# 单元概述

对于卷积神经网络而言，不同深度的卷积层能够识别的特征有所不同。简单来说，较浅的卷积主要负责提取图像的边缘或线条等特征，较深的卷积层基于浅层提取到的特征，进一步提取特征，例如鼻子、眼睛或耳朵等。

浅层网络提取的特征具有一定的共性。举一个经典的例子：使用拥有数万笔训练数据的 ImageNet 数据集训练网络模型，可以学习到非常多样的特征，这种网络模型称为预训练模型（Pre-Trained Model）。

当完成新数据集的分类任务时，不必搭建一个全新的网络模型重新训练，可以在预训练模型的基础上进行微调训练模型，以得到适用于新数据的分类的模型。这种训练方式被称为迁移学习（Transfer Learning）。

在图像处理任务中，使用 ImageNet 的预训练网络进行迁移学习，能够获得更好的模型，且模型训练时间更短。

# 学习目标

知识目标
- 掌握迁移学习的概念和常用方法。
- 熟悉常用的预训练模型。

能力目标
- 能够使用迁移学习的方法简化模型搭建流程。

素质目标
- 培养学生对知识融会贯通的能力。

## 7.1　迁移学习的基本问题

### 1. 何时迁移

给定待学习的目标，首先要做的便是判断任务是否适合进行迁移学习。

**2. 何处迁移**

判断任务适合迁移学习之后，第二步要解决的是从何处进行迁移，包括要迁移什么知识，从哪个地方进行迁移。

**3. 如何迁移**

如何迁移要求学习最优的迁移学习方法。迁移学习根据学习方法可以分为：基于实例的迁移学习、基于特征的迁移学习、基于模型的迁移学习以及基于关系的迁移学习。

## 7.2　迁移学习的应用领域

1）虽然有大量的数据样本，但是大部分数据样本是无标注的，如果继续增加更多的数据标注，需要付出巨大的成本。在这种场景下，利用迁移学习思想，可以寻找一些和目标数据相似而且已经有标注的数据，利用数据之间的相似性对知识进行迁移，提高对目标数据的预测效果或者标注准确率。

2）想要得到具有更强泛化能力的模型，但是数据样本较少。机器学习的成功应用依赖于大量高质量的有标签数据。然而高质量有标签数据总是供不应求。传统的机器学习算法常常因为数据量小而产生过拟合问题，因而无法很好地泛化到新的场景中。

3）数据来自不同的分布。传统的机器学习算法假设训练和测试数据来自相同的数据分布。然而，这种假设无法满足许多实际应用场景。在许多情况下，数据分布不仅会随着时间和空间而变化，也会随着不同的情况而变化，因此可能无法使用相同的数据分布来对待新的训练数据。在不同于训练数据的新场景下，已经训练完成的模型需要在使用前进行调整。

## 7.3　迁移学习的训练方法与技巧

迁移学习的训练方法和技巧主要依据两种情况：

①新数据集的大小，如果新数据集的数据量为几万条，就属于大数据集；如果新数据集的数据量为几千或几百条，就属于小数据集；②数据集的相似程度是指新数据集与预训练模型所使用的数据集之间的相似程度。例如，猫与老虎属于相似度高的数据，而猫与桌

子则属于相似度低的数据。

根据新数据集的大小和数据集的相似程度，可以将迁移学习方法分为4种情况：

1）小数据集、相似数据。小数据集在庞大的网络架构上训练时容易发生过拟合问题，因此预训练模型的权重必须保持不变。由于新数据集与预训练模型使用的数据集相似性高，新数据集在每一层卷积层都有相似的特征，尤其是更高层的卷积层，因此提取特征的卷积层不需要改变，只对处理特征分类的全连接层进行改变即可。因此将最后几层全连接层删除，并加上新的全连接层。

该情况下，迁移学习步骤如下：

①删除全连接层：可以选择删除最后一层的全连接层或删除多层的全连接层。

②新增全连接层：将新增加的全连接层接在原来的网络架构后面，且最后一层全连接层的输出与新数据集的类别数一样，只训练新增的全连接层。

③固定卷积层的权重：在训练新的网络架构时，将大部分网络层的权重固定，不进行训练。

2）小数据集、不相似数据。因为小数据集在庞大的网络架构上训练时容易发生过拟合问题，所以预训练模型的权重必须保持不变。由于新数据集与预训练模型使用的数据集相似度低，新数据集只有在低层卷积层有相似特征，更高层卷积层的特征大多不相似，因此只需要保留低层卷积层，其他卷积层和全连接层都删除，并加入新的全连接层。

步骤如下：

①删除全连接层：删除大部分网络，只保留前面小部分网络层（提取线条、颜色或纹路的网络层）。

②新增全连接层：将新增加的全连接层接在原来的网络架构后面，且最后一层全连接层输出与新数据集的类别一样。

③固定卷积层的权重：在训练新的网络架构时，将大部分网络层的权重固定，不进行训练，只训练新增的全连接层。

3）大数据集、相似数据。拥有大数据集一般不需要担心在训练过程中发生过拟合问题，因此可以对整个预训练模型进行训练。由于新数据集与预训练模型使用的数据集相似度高，新数据集在每一层卷积层都有相似的特征，因此提取特征的卷积层不必改变，只改变处理特征分类的全连接层即可。

步骤如下：

①删除全连接层：可以选择删除最后或多层的全连接层。

②新增全连接层：在网络最后添加新的全连接层，最后全连接层的输出与新数据集的类别数一样。

③固定卷积层的权重：在训练新的网络架构时，将大部分网络层的权重固定，不进行训练，只训练新增的全连接层。

4）大数据集、不相似数据。拥有大量的数据集一般不需要担心在训练过程中发生过拟合问题，因此可以对整个预训练模型或全新的随机初始化权重的网络模型进行训练，由于新数据集与预训练模型使用的数据集相似度低，新数据集与大多数网络层的特征都不相似，因此先将最后几层全连接层删除，并加上新的全连接层，再对整个预训练模型进行训练。

步骤如下：

①删除全连接层：可以选择删除最后一层的全连接层或删除多层的全连接层。

②新增全连接层：将新增加的全连接层接在原来的网络架构后面，且最后一层全连接层输出与新数据集的类别一样。

③训练整个网络模型：重新微调整个网络模型。

# 7.4 实战案例——基于迁移学习的猫狗图像分类

## 1. 案例目标

·理解迁移学习的原理，掌握迁移学习的主要技术方法。

·理解预训练模型的概念，掌握调用预训练模型的方法。

·掌握数据的加载以及生成数据集的方法。

·掌握使用 Matplotlib 工具绘制训练曲线的方法。

·掌握 Keras 函数式模型搭建方法。

·掌握模型初始化训练和微调训练的方法。

## 2. 案例分析

预训练模型是在大型数据集上进行训练得到的，通常是在大型图像分类任务上进行训练的。保存的预训练模型可以拿来直接使用，也可以使用迁移学习针对给定任务自定义模型。

使用迁移学习进行图像分类时，如果在大规模且通用的数据集上训练模型，则该模型能够有效地充当通用模型。迁移学习一般分为两大步骤：

1）特征提取：使用预训练模型学到的表示法从新样本中提取有意义的特征。按照特定任务需求在预训练模型之上添加一个新的分类器，即可从头开始对其进行训练。不需要训练整个模型。基本的卷积神经网络已经包含了通用的图片分类功能。但是，预训练模型的最终分类部分需要重新被训练，以用于特定的任务。

2）精调：先冻结预训练模型的几个顶层，然后训练添加的分类器层。这样，我们可以"微调"预训练模型中的高阶特征表示能力，以使其与特定任务更相匹配。选取微调形式的两个重要因素：新数据集的大小（size）和相似性（与预训练的数据集相比）。卷积网络在提取特征时，前面的层所提取的更具一般性，后面的层更加具体，更倾向于原始的数据集。

### 3. 环境配置

Windows 10

TensorFlow 2. 3. 0

Matplotlib 3. 3. 2

Keras 2. 3. 1

### 4. 案例实施

（1）导入必要的库

```
import matplotlib. pyplot as plt
import numpy as np
import os
import tensorflow as tf
from tensorflow. keras. preprocessing import image_dataset_from_directory
```

（2）数据预处理

本案例使用的数据集是一个包含数千张猫和狗图像的数据集。下载并解压缩包含图像的 zip 文件，然后使用 tf. keras. preprocessing 实用工具创建一个 tf. data. Dataset 进行训练和验证。

```
_URL = 'https://storage. googleapis. com/mledu – datasets/cats_and_dogs_filtered. zip'
path_to_zip = tf. keras. utils. get_file('cats_and_dogs. zip', origin = _URL, extract = True)
PATH = os. path. join(os. path. dirname(path_to_zip), 'cats_and_dogs_filtered')
train_dir = os. path. join(PATH, 'train')
validation_dir = os. path. join(PATH, 'validation')
BATCH_SIZE = 32
IMG_SIZE = (160, 160)
train_dataset = image_dataset_from_directory(train_dir, shuffle = True, batch_size = BATCH_SIZE, image_size = IMG_SIZE)
```

初次运行代码，将会从指定网址下载数据集，下载数据集需要等待一会，如图7-1所示。

```
Downloading data from https://storage.googleapis.com/mledu-datasets/cats_and_dogs_filtered.zip
68608000/68606236 [==============================] – 38s 1us/step
Found 2000 files belonging to 2 classes.
```

图7-1  下载数据集

```
validation_dataset = image_dataset_from_directory(validation_dir, shuffle = True, batch_size =
BATCH_SIZE, image_size = IMG_SIZE)
```

（3）展示数据集

展示训练集中的前 9 张图像，如图 7-2 所示。

```
class_names = train_dataset. class_names
plt. figure(figsize = (10, 10))
for images, labels in train_dataset. take(1):
 for i in range(9):
 ax = plt. subplot(3, 3, i + 1)
 plt. imshow(images[i]. numpy(). astype("uint8"))
 plt. title(class_names[labels[i]])
 plt. axis("off")
```

**图 7-2　训练集中的前 9 张图像**

（4）数据集划分

由于原始数据集不包含测试集，因此要创建一个测试集。使用 tf. data. experimental. cardinality 确定数据集中有多少批次的数据，然后将其中的 20% 移至测试集中。

```
val_batches = tf. data. experimental. cardinality( validation_dataset)
test_dataset = validation_dataset. take( val_batches // 5)
validation_dataset = validation_dataset. skip( val_batches // 5)
print('Number of validation batches: % d' % tf. data. experimental. cardinality( validation_
dataset))
print('Number of test batches: % d' % tf. data. experimental. cardinality( test_dataset))
```

（5）配置数据集

从磁盘中加载缓冲文件，这样对 I/O 比较友好，数据读取快捷。

```
AUTOTUNE = tf. data. experimental. AUTOTUNE
train_dataset = train_dataset. prefetch( buffer_size = AUTOTUNE)
validation_dataset = validation_dataset. prefetch( buffer_size = AUTOTUNE)
test_dataset = test_dataset. prefetch( buffer_size = AUTOTUNE)
```

（6）数据增强

```
data_augmentation = tf. keras. Sequential([
  tf. keras. layers. experimental. preprocessing. RandomFlip('horizontal'),
  tf. keras. layers. experimental. preprocessing. RandomRotation(0. 2),
])
```

查看一张增强后的图片，输出结果如图 7-3 所示。

```
for image, _ in train_dataset. take(1):
  plt. figure( figsize = (10, 10))
  first_image = image[0]
  for i in range(9):
    ax = plt. subplot(3, 3, i + 1)
    augmented_image = data_augmentation( tf. expand_dims( first_image, 0))
    plt. imshow( augmented_image[0] / 255)
    plt. axis('off')
```

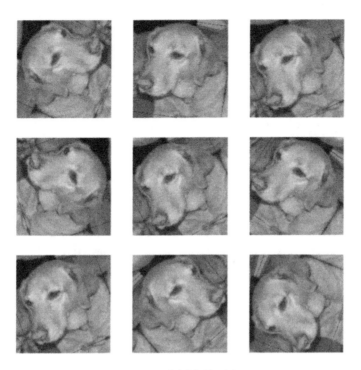

**图 7-3　数据增强示例**

（7）像素值缩放

预训练模型 MobileNet V2 作为基本模型。该模型期望像素值范围为 $[-1, 1]$，但此时图像中的像素值为 $[0, 255]$。要使用模型的预处理方法重新缩放像素值。

```
preprocess_input = tf. keras. applications. mobilenet_v2. preprocess_input
rescale = tf. keras. layers. experimental. preprocessing. Rescaling(1. /127. 5, offset = -1)
```

（8）下载预训练模型并查看

根据 Google 开发的 MobileNet V2 模型创建基本模型。该模型已在 ImageNet 数据集上进行了预训练，该图像数据集是一个由 140 万张图像和 1000 个类别组成的大型数据集。ImageNet 是一个研究性训练数据集，具有多种类别。本案例将使用此模型对猫和狗进行分类。

```
IMG_SHAPE = IMG_SIZE + (3, )
base_model = tf. keras. applications. MobileNetV2(input_shape = IMG_SHAPE, include_top =
False, weights = 'imagenet')
```

该特征提取器将每个 $160 \times 160 \times 3$ 图像转换为 $5 \times 5 \times 1280$ 的特征块。

```
image_batch, label_batch = next(iter(train_dataset))
feature_batch = base_model(image_batch)
print(feature_batch. shape)
```

(9) 特征提取

在此步骤中,将冻结从上一步创建的卷积并将其用作特征提取器。此外,可以在顶部添加分类器并训练分类器。

```
base_model. trainable = False
base_model. summary( )
```

(10) 添加分类器

提取特征后,要构建分类器对特征进行预测,这里使用 tf. keras. layers. GlobalAverage-Pooling2D 图层,使用 5×5 的全局平均池化框做池化操作,以将特征转换为向量。

```
global_average_layer = tf. keras. layers. GlobalAveragePooling2D( )
feature_batch_average = global_average_layer( feature_batch )
print( feature_batch_average. shape )
```

应用 tf. keras. layers. Dense 图层将这些特征转换为每个图像的单个预测。在这里不需要使用激活函数,因为此预测将被视为 logit 或原始预测值。1 表示正数,0 表示负数。

```
prediction_layer = tf. keras. layers. Dense(1)
prediction_batch = prediction_layer( feature_batch_average )
print( prediction_batch. shape )
```

(11) 模型构建

通过使用 Keras 的激活 API 将数据扩充、重新缩放,将 base_model 和特征提取器层链接在一起来构建模型。

```
inputs = tf. keras. Input( shape = (160, 160, 3 ) )
x = data_augmentation( inputs )
x = preprocess_input( x )
x = base_model( x, training = False )
x = global_average_layer( x )
x = tf. keras. layers. Dropout(0. 2 ) ( x )
outputs = prediction_layer( x )
model = tf. keras. Model( inputs, outputs )
```

(12) 编译模型

训练之前先编译模型,因为猫狗分类属于二分类,由于该模型提供线性输出,因此使用 from_logits = True 的二进制交叉熵损失。模型编译后,可以使用 model. summary( ) 查看模型的网络层和参数，模型摘要如图7-4所示。

```
base_learning_rate = 0. 0001
model. compile( optimizer = tf. keras. optimizers. Adam( lr = base_learning_rate) ,
                loss = tf. keras. losses. BinaryCrossentropy( from_logits = True) ,
                metrics = ['accuracy'] )
model. summary( )
```

```
Model: "functional_1"

Layer (type)                    Output Shape             Param #
=================================================================
input_2 (InputLayer)            [(None, 160, 160, 3)]    0

sequential (Sequential)         (None, 160, 160, 3)      0

tf_op_layer_RealDiv (TensorF    [(None, 160, 160, 3)]    0

tf_op_layer_Sub (TensorFlow0    [(None, 160, 160, 3)]    0

mobilenetv2_1.00_160 (Functi    (None, 5, 5, 1280)       2257984

global_average_pooling2d (Gl    (None, 1280)             0

dropout (Dropout)               (None, 1280)             0

dense (Dense)                   (None, 1)                1281
=================================================================
Total params: 2,259,265
Trainable params: 1,281
Non-trainable params: 2,257,984
```

图7-4　模型摘要

由上图可以看出，MobileNet中的2.25M参数被冻结，但是在全连接层中有1.2K的可训练参数。它们分为两个tf. Variables对象，即权重和偏差。

```
len( model. trainable_variables)
```

（13）模型训练

训练10代后，模型准确率大约为94%。

```
initial_epochs = 10
loss0, accuracy0 = model. evaluate( validation_dataset)
print( " initial loss : { : . 2f} ". format( loss0) )
print( " initial accuracy : { : . 2f} ". format( accuracy0) )
```

开始训练：

```
history = model. fit( train_dataset,
                      epochs = initial_epochs,
                      validation_data = validation_dataset)
```

（14）训练过程可视化

使用 MobileNet V2 基本模型作为固定特征提取器时训练和验证准确率和损失的学习曲线。

```
acc = history. history['accuracy']
val_acc = history. history['val_accuracy']
loss = history. history['loss']
val_loss = history. history['val_loss']


plt. figure( figsize = (8, 8))
plt. subplot(2, 1, 1)
plt. plot( acc, label = 'Training Accuracy')
plt. plot( val_acc, label = 'Validation Accuracy')
plt. legend( loc = 'lower right')
plt. ylabel('Accuracy')
plt. ylim([ min( plt. ylim()),1])
plt. title('Training and Validation Accuracy')


plt. subplot(2, 1, 2)
plt. plot( loss, label = 'Training Loss')
plt. plot( val_loss, label = 'Validation Loss')
plt. legend( loc = 'upper right')
plt. ylabel('Cross Entropy')
plt. ylim([0,1.0])
plt. title('Training and Validation Loss')
plt. xlabel('epoch')
plt. show()
```

训练和验证过程中的准确率和损失变化曲线如图 7-5 所示。

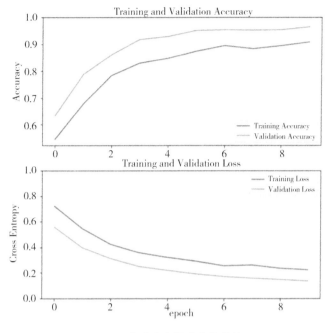

**图7-5　准确率和损失变化曲线**

（15）微调

为了进一步提高模型性能，有效的方法就是训练预训练模型的深层和分类器层。下面解冻 base_model 的一些深层网络层，然后重新编译模型继续训练，并使用较低的学习率，以免模型出现过拟合。实现代码如下：

```
base_model. trainable = True
# 查看基础模型的层数
print("Number of layers in the base model: ", len(base_model. layers))

# 设置微调起始层
fine_tune_at = 100

# 冻结微调起始层之前层的参数
for layer in base_model. layers[ :fine_tune_at]:
layer. trainable = False

model. compile(loss = tf. keras. losses. BinaryCrossentropy(from_logits = True),
              optimizer = tf. keras. optimizers. RMSprop(lr = base_learning_rate/10),
              metrics = ['accuracy'])
model. summary()
```

执行以上程序，输出的模型摘要如图 7-6 所示。

```
Layer (type)                    Output Shape          Param #
=================================================================
input_2 (InputLayer)            [(None, 160, 160, 3)]  0

sequential (Sequential)         (None, 160, 160, 3)    0

tf_op_layer_RealDiv (TensorF    [(None, 160, 160, 3)]  0

tf_op_layer_Sub (TensorFlow0    [(None, 160, 160, 3)]  0

mobilenetv2_1.00_160 (Functi    (None, 5, 5, 1280)     2257984

global_average_pooling2d (Gl    (None, 1280)           0

dropout (Dropout)               (None, 1280)           0

dense (Dense)                   (None, 1)              1281
=================================================================
Total params: 2,259,265
Trainable params: 1,863,873
Non-trainable params: 395,392
```

图 7-6　模型摘要

由图 7-6 可以看出，解冻基础模型的一些深层网络层之后，模型的可训练参数由原来的的 1.2K 变为了 1.8M。

（16）开始微调训练

解冻基础模型的参数之后，接着初始化训练继续训练模型，查看能否通过训练基础模型的深层网络层，进一步提高模型的准确性。

```
len( model. trainable_variables )

fine_tune_epochs = 10

total_epochs = initial_epochs + fine_tune_epochs


history_fine = model. fit( train_dataset,
                           epochs = total_epochs,
                           initial_epoch = history. epoch[ -1 ],
                           validation_data = validation_dataset )
```

（17）训练过程可视化

在微调 MobileNet V2 基本模型的最后几层并在其基础上训练分类器后，看一下训练和验证过程的准确率和损失变化曲线，如图 7-7 所示。

```
acc += history_fine. history[ 'accuracy' ]
val_acc += history_fine. history[ 'val_accuracy' ]


loss += history_fine. history[ 'loss' ]
```

```
val_loss + = history_fine. history['val_loss']
plt. figure(figsize = (8, 8))
plt. subplot(2, 1, 1)
plt. plot(acc, label = 'Training Accuracy')
plt. plot(val_acc, label = 'Validation Accuracy')
plt. ylim([0. 8, 1])
plt. plot([initial_epochs − 1, initial_epochs − 1],
            plt. ylim(), label = 'Start Fine Tuning')
plt. legend(loc = 'lower right')
plt. ylabel('Accuracy')
plt. title('Training and Validation Accuracy')

plt. subplot(2, 1, 2)
plt. plot(loss, label = 'Training Loss')
plt. plot(val_loss, label = 'Validation Loss')
plt. ylim([0, 1. 0])
plt. plot([initial_epochs − 1, initial_epochs − 1],
            plt. ylim(), label = 'Start Fine Tuning')
plt. legend(loc = 'upper right')
plt. ylabel('Cross Entropy')
plt. title('Training and Validation Loss')
plt. xlabel('epoch')
plt. show()
```

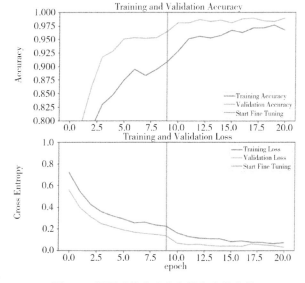

图7-7　微调后的准确率和损失变化曲线

可以看到验证损失比训练损失高得多，因此过拟合仍然存在，但是经过微调后，模型在验证集上的准确率几乎达到98%。

（18）模型预测

最后，用测试集测试模型的性能，模型准确率达到了98%，如图7-8所示。

```
loss, accuracy = model. evaluate( test_dataset)
print( 'Test accuracy :', accuracy)
```

```
6/6 [==============================] - 1s 136ms/step - loss: 0.0625 - accuracy: 0.9792
Test accuracy : 0.9791666865348816
```

**图7-8  模型准确率**

现在，可以使用此模型来预测宠物是猫还是狗，测试集前9张图像的预测结果如图7-9所示。

```
#Retrieve a batch of images from the test set
image_batch, label_batch = test_dataset. as_numpy_iterator( ). next( )
predictions = model. predict_on_batch( image_batch). flatten( )


# Apply a sigmoid since our model returns logits
predictions = tf. nn. sigmoid( predictions)
predictions = tf. where( predictions < 0. 5, 0, 1)


print( 'Predictions:\n', predictions. numpy( ) )
print( 'Labels:\n', label_batch)


plt. figure( figsize = ( 10, 10) )
for i in range( 9):
    ax = plt. subplot( 3, 3, i + 1)
    plt. imshow( image_batch[ i]. astype( "uint8" ) )
    plt. title( class_names[ predictions[ i] ] )
    plt. axis( "off" )
```

图 7-9　模型预测结果

# 单元小结

本单元主要介绍了迁移学习的基本概念和原理，介绍了迁移学习的方法和技巧，并完成了猫狗图像分类模型的初始化训练和微调训练，通过案例掌握了使用 Keras 框架搭建神经网络，实现了迁移学习。

# 课后习题

## 一、填空题

1. 迁移学习的基本问题有_____、_____和_____。

2. 迁移学习的训练方法和技巧主要依据两种情况，分别为_____和_____。

3. 根据新数据集的大小和数据集的相似程度，可以将迁移学习方法分为四种情况，分别为_____、_____、_____和_____。

**二、单选题**

1. 迁移学习是能够有效解决模型快速训练的方法，对于一个任务能否采用迁移学习，主要考虑（　　）。

A. 新数据集的大小 　　　　　　　B. 数据集的相似程度

C. 旧数据集的大小 　　　　　　　D. 算法

2. 根据新数据集的大小和数据集的相似程度，下列选项不属于迁移学习方法的是（　　）。

A. 小数据集、相似数据 　　　　　B. 小数据集、不相似数据

C. 大数据集、相似数据 　　　　　D. 数据集、相似数据

**三、判断题**

1. 对于卷积神经网络而言，不同深度的卷积层能够识别的特征会有所不同。（　　）

2. 给定一个图像分类任务，可以直接进行迁移学习。（　　）

3. 预训练模型一般是在大型数据集上训练而得到的。（　　）

4. 迁移学习是一种机器学习的方法，指的是一个预训练的模型被重新用在另一个任务中。

（　　）

5. 在图像处理任务中，通常使用在 ImageNet 数据集上的预训练模型。（　　）

**四、简答题**

简述迁移学习的基本问题，并说明迁移学习的训练方法和技巧。

**五、操作题**

使用迁移学习的方法，完成 CIFAR-10 数据集的图像分类任务。

# 参考文献

［1］邱锡鹏．神经网络与深度学习［M］．北京：机械工业出版社，2020.

［2］周志华．机器学习［M］．北京：清华大学出版社，2016.

［3］斋藤康毅．深度学习入门：基于 Python 的理论与实现［M］．陆宇杰，译．北京：人民邮电出版社，2018.

［4］弗朗索瓦．Python 深度学习［M］．张亮，译．北京：人民邮电出版社，2018.

［5］李鸥．Python + TensorFlow 机器学习实战［M］．北京：清华大学出版社，2019.